樊树 著

江苏凤凰文艺出版社
JIANGSU PHOENIX LITERATURE AND ART PUBLISHING

图书在版编目（CIP）数据

冬日暖阳 / 樊树著 . -- 南京：江苏凤凰文艺出版社，2022.5
ISBN 978-7-5594-6401-9

Ⅰ.①冬… Ⅱ.①樊… Ⅲ.①长篇小说 – 中国 – 当代 Ⅳ.① I247.5

中国版本图书馆 CIP 数据核字 (2021) 第 243031 号

冬日暖阳
樊树　著

责任编辑	曹　波
特约编辑	薛　静　王菁菁
出版发行	江苏凤凰文艺出版社
	南京市中央路 165 号，邮编：210009
网　　址	http://www.jswenyi.com
印　　刷	北京金特印刷有限责任公司
开　　本	880 毫米 ×1230 毫米　1/32
印　　张	8.25
字　　数	168 千字
版　　次	2022 年 5 月第 1 版
印　　次	2022 年 5 月第 1 次印刷
书　　号	ISBN 978-7-5594-6401-9
定　　价	48.00 元

江苏凤凰文艺版图书凡印刷、装订错误，可向出版社调换，联系电话 025-83280257

目录
Contents

001	序　章
005	第 一 章
022	第 二 章
045	第 三 章
055	第 四 章
068	第 五 章
078	第 六 章
089	第 七 章
100	第 八 章
111	第 九 章
119	第 十 章

128	第十一章
140	第十二章
154	第十三章
175	第十四章
188	第十五章
197	第十六章
204	第十七章
212	第十八章
220	第十九章
233	第二十章
241	第二十一章
256	后　　记

序 章

雨，从早上就没有停过。

江城市中级人民法院露天停车场的梧桐树下，停着一辆黑色桑塔纳。车窗半开着，里面坐着一个男人。奇怪的是，密集的雨顺着风打在他脸上，他却没有反应，只是紧紧握着手机。

十一点半了，该结束了。

手机铃声响起，他低头，是一直等待的那个电话。迟疑了一会儿，他摁下了绿色的通话键。

听筒里传来一个男人的声音，有些低落："无罪，当庭释放。"话筒那边很是嘈杂，有椅子的碰撞声，叽叽喳喳的说话声，更多的是木地板上杂乱无章的脚步声。

宋诚没有说话，木然放下了手机，抬起头，看到二三十米远处的法院大楼内涌出不少人。

就在宋诚摇上车窗、抹去脸上的雨水之时，一个穿白色套装的女人扶着一个年轻男子从法院里走了出来,男子步履不稳,头上还缠着白色的纱布。

宋诚怔怔地看着他们。额头上的水珠滑过脸颊,一滴又一滴地落在方向盘上。

四五个人围在他们身边,西装革履,面露微笑,或握手,或攀谈,想必在庆祝这场胜利。

过了一会儿,见他们撑起伞,慢慢走下台阶,宋诚一把擦去方向盘上的水迹,启动汽车,猛踩油门。伴随着发动机的轰鸣声,车向前方冲去,雨滴更加密集地撞击着挡风玻璃,雨刮器来回摆动,发出"吱吱"的声响。

那几人见一辆黑车向他们驶来,没有停下的意思,愣了一会儿后便顾不得体面,尖叫着向四周散开。只有站在最前面的中年男人脚下一滑,瞬间跌坐在积水坑中,水花四溅,黑色的公文包和伞散落在地。他睁大眼睛,惊恐地看着前方,可猛蹬的双脚除了踢出点水花,什么用都没有。

伴随着"啊……"的尖叫声,尖锐的急刹车声响彻法院的上空。

车终于停住了,只差几厘米就要撞上了。众人急忙上前扶起那男人,随后围着桑塔纳车猛敲门,想要一个说法。

"刘律师,你没事吧?"

"脑子有病呀,开这么快,要撞死人的!"

车窗慢慢摇下,露出一条缝隙,众人往车内看去,却看不清里面的人。

一道闪电划破天空,照亮了周遭。透过缝隙,宋诚看到人群后方,那个年轻男子被身旁的女人紧紧抱着,一位穿深色制服的保安正为他们撑着伞。女人已年过半百,却妆容精致,头发齐肩,只是面色凝重,警觉地盯着桑塔纳车。反倒那年轻人一脸呆滞,无神地看着车子,不知道在想些什么。

这个世界真的很奇怪,这群咒骂他乱开车的人,刚才正为一个撞死人的司机脱罪。

他们还成功了。

雷鸣声呼啸而来,掩盖了整个城市所有的声音。雨越下越大,宋诚大口喘着气,踩下油门,轰轰声响起,车轮再次滚动,吓得那群人立刻散开。

桑塔纳一路前行,拐弯驶出了法院。

等待红灯时,广播里传来一个男主播的声音:"现在插播一条本台刚刚收到的新闻,备受关注的'江城1212特大交通肇事案'在十分钟前宣判,江城市中级人民法院认定该起事故为意外事件,肇事司机江某刑事免责,当庭释放。去年12月12日的早上八点半,一辆价值超过三百万元人民币的超级跑车在长安南路突然闯红灯,撞向两名学生,正在街头采访的《江城晚报》记者丁小兰为救学生被撞身亡,当时她已经怀孕五个月,胎儿……"

宋诚迅速关掉广播,闭上了眼睛,眼泪悄无声息地滑落。

小兰是他的妻子,他是小兰的丈夫。那个五个月大的胎儿,是他和小兰的孩子。

但,今天,肇事司机江斌却被当庭宣判无罪。

为什么会这样?!

绿灯亮起。

在踩下油门,天空闪过一道更大的闪电之时,宋诚突然想到,自己是一名警察。

第一章

"作为太阳系的中心,太阳每隔 2.3 亿年绕银河系中心转一圈。它虽然只是一颗中小型的恒星,但占据了太阳系总质量的 99.85%。太阳系包含在银河系内,银河系内还有 2000 多亿个类似太阳系的星系……"

一幢黄色三层楼高的建筑物直立在海晨小区中庭,因与知名的如家快捷连锁酒店惯用的外墙颜色一样,很多人戏称它为"如家楼"。事实上,这是江城市华光社区的办公楼。此时,二楼不大的社区教室里,稀稀拉拉地坐着十来个人。宋诚站在讲台上,身后是一幅投影仪呈现的太阳系星系图。

刘老头穿了件绿色的夹克,外面套了件红色小马甲,颇为惹眼地坐在第一排。他挪了挪屁股,用手肘顶了顶旁边的老人,一副自来熟的样子:"听这个,还不如现在直接去晒太阳。"

对方并不认识他,尴尬地应了一声,同时身子往外挪了点儿。

教室里其他人也各忙各的，全然没有理会站在讲台上的宋诚。宋诚却并不介意，他的语速像一颗在黑暗无声的宇宙中滑行的彗星，波澜不惊："人类目前所能探知的宇宙中，同样包含了1700多亿个银河系这样的星系，我们相信这只是真正宇宙的冰山一角，而宇宙还在扩张。"

"阿嚏！"刘老头打了一个喷嚏，用手擦拭着鼻子："哼，还我们，我可没让你代表。"

宋诚身后的星系图动了起来。月亮、地球、太阳、太阳系等依次出现，很快，又依次消失，因为它们都太渺小，连屏幕上一个像素的面积都无法占有。

扫视一眼教室后，宋诚放下鼠标，关闭投影仪，点亮了教室里的灯："各位，这就是我们的宇宙，我们的银河系，我们的太阳系，我们的地球，我们的华光社区，我们在座的每一个人，我们都很渺小。"

没等他讲完，教室里的人便都站起身，堵住了门口——那里有社区工作人员张琼和李龙光在派发纪念品。

"宋主任讲了那么多废话，才给一个呀？"刘老头不知什么时候挤到了排头，冲着李龙光的双下巴，晃了晃巴掌大的小熊公仔，有些不高兴。

其他人附和道："就是、就是。"

这个刘老头出了名的难搞，李龙光忙咧嘴，讨好地笑道："刘大爷，我保证，下次的礼物你肯定喜欢，一定要来呀。"

"这个布娃娃有啥用，还不如上次的两袋盐。"刘老头把小熊公仔往口袋里一塞，走之前不忘嘟囔一句。

张琼一边派发着小公仔，一边冲李龙光小声抱怨道："唉，人家讲冷笑话，我们宋主任讲冷知识，大家都不爱听。每次听到宋主任说要科普，我宁可去跑个三千米。"

看着最后一个人离开教室，李龙光也一脸无奈："就是，你说别的社区弄几个按摩器，发几个鸡蛋，让老中医讲讲养生知识，报名的人不要太多，咱们真是吃力不讨好。"

两人瞄了一眼正在整理讲台的宋诚，都摇了摇头。

宋诚担任华光社区副主任已经三个多月了，但同事们都不了解他，只知道他曾是警察，没人敢去招惹他，对他都客客气气的。如果不是副主任这个头衔，他估计会像掉落地球的陨石一样被人迅速遗忘。

很快，空荡荡的房间里只剩下宋诚一个人。他坐在讲台上，从抽屉里拿出厚厚的《DK宇宙大百科》。每次情绪压抑时，他总会打开这本书，从第一页慢慢往后翻，伴随着"沙沙"的翻书声，他闭上眼睛，想象自己穿着宇航服来到太空，飘浮在这颗生养我们的蓝色星球旁边，看到白云、大海、高山……他又抬头仰望星空，无数个星球在他身边围绕、闪耀。

他就这样躺着、飘浮着，在无穷无尽的宇宙中忘记自己的悲愤、无奈和迷茫……

华光社区办公楼所在的海晨小区位于江城西南端，这是一个中等规模，房龄已超过十年的老小区。宋诚现在主要负责统计、科普、教育等工作，跟原先的刑警队相比，工作要琐碎很多，尤其是需要填写大量表格,一般人都会觉得枯燥,他却很享受。这种不需要和别人接触又能立马看到结果的工作,让他倍感安心。

在社区工作的三个多月里,他的生活既规律又低调,如同江城钟楼上那个古老的钟摆,总会在特定的时间里发出"当当"的钟声。

合上书,宋诚回过神来,看到旁边原本空白的纸上被涂抹了好几个"303"。凝视片刻后,他撕碎了纸,扔入垃圾桶,又把书放回了抽屉。看到同事陆续下班,他走出大楼,骑上自行车,刚要驶过大门,就听到后面传来一阵急匆匆的脚步声。在他转头之际,几个人与他擦肩而过。

"快去看看,出车祸了!"

"是呀,听说撞死人了!"

听到"撞死人"三个字,宋诚的心里咯噔一下。迟疑片刻后,他推着车走出大门。只见二十几米远的地方已经围了一群人,张琼和李龙光不知什么时候走到了他的身边。

"宋主任,前面路口出车祸了。"

"哦。"宋诚茫然应道。透过人群的缝隙,宋诚看到地上有一摊鲜血正慢慢渗入泥土。他呼吸急促起来,弯腰干呕了几声,不得不背过身大口喘气。他本想转过头再看一眼,却见闪烁着红蓝灯光的警车已经赶到现场。宋诚快速骑上自行车,用力一踏,往相反的方向骑去。

一棵棵树、一块块店招牌掠到他的身后,直到这辆二十六寸凤凰牌自行车在一个小区门口停下。看着已略显斑驳的"回龙新村"四个字,宋诚问自己:怎么又回来了?

他的婚房就在回龙新村。

宋诚闭上眼睛,好像又看到那年在亲朋的起哄声中,他穿着深蓝色的西装走下婚车,打开另一侧的车门,抱起害羞的新娘,踏着一路的鞭炮声,往婚房方向跑去……

循着回忆,不知不觉间,他已走到婚房楼下,伸进口袋的手中握住了一串钥匙。原来房子的钥匙还在,也每天都在。

宋诚慢慢走进楼道,一步步顺着台阶而上。无数个曾经上下楼梯的画面与他擦肩而过,画面中有妻子,也有自己。他伸出手去,想要拉起妻子的手,却什么都抓不住。203室的门上还贴着早已泛白的"囍"字。他低下头,哆哆嗦嗦地拿出那串钥匙,将绑了红色毛线的钥匙插入门锁。

旋转开门时,他好像听到了妻子的声音:"宋诚,你的鞋带散了。"

他停住了手上的动作,睁大眼睛,猛然回头,却什么都没有。

那是结婚后的第二天,两人从父母家回来,他边抱怨结次婚比拉练五十公里还累,边拿出钥匙开门,突然听到妻子在他背后说:"宋诚,你的鞋带散了。"

他刚转身,妻子自然地蹲下,将两只鞋子的鞋带都重新系了一遍,抬起头得意地看着丈夫:"这么漂亮的蝴蝶结,没见过吧?"

宋诚加速旋转钥匙,锁有些涩,但终于还是打开了,尘封已久的味道扑鼻而来。上一次来这里是什么时候?已经有半年多了吧,囍字还在那里,结婚照片还在那里,牙膏牙刷还在那里,柠檬味的洗发水还在那里……但妻子去哪里了呢?

他走进房间,在地板上留下一个个脚印。卧室门虚掩着,宋诚推开门,一眼看到双人枕头,酸楚迅速在体内蔓延。他闭上眼睛走向次卧,那里已经被布置成儿童房,贴满了从杂志上剪下的宝宝照片,那些男宝宝和女宝宝都天真地冲他笑着。

他努力平抑着呼吸,用力关上次卧的门,重新回到主卧,在一床红色的被子前缓缓跪下。就是在这里,他最后一次见到妻子。

那是去年一个冬日的早晨:

"宋诚,快给我起来!"妻子拿着扫把,掀开了被子。

"冻死我了,老婆大人,让我多睡一会儿吧。"宋诚蜷缩成一团,哀求着。

"天气预报说,今天是这个月最后一个晴天了,我要去晒被子。"

宋诚一个鲤鱼打挺,从床上起来:"我来,你小心点。"

"都五个月了,没事的,等下还有一个街头采访呢。"

宋诚抱住妻子,在她肚子上摸了摸。妻子打了下他的手,嗔道:"快去穿衣服,你以为感冒病毒也怕警察呀?"

他在妻子的额头轻轻一吻,柠檬香气的洗发水很是好闻。妻子利索地整理好被子,拉开窗帘,突如其来的阳光让宋诚睁不开眼。

"今天的阳光可真暖呀。"妻子回头望向丈夫。

…………

宋诚用尽全身力气,将头死死埋在这一床红色的被子上,拼命地闻。

我好想你，老婆。我想你，想你的味道，想我们还没出生的孩子。你知道吗，那是一个男孩。如果他还在，现在应该半岁了，会不会跟我小时候一样虎头虎脑的，不高兴时就嘟着嘴巴要爸爸妈妈抱抱？不过，听说男孩子更像妈妈……

他低声哭泣，嘶吼，可再怎么用力，也闻不到妻子的味道，永远不会知道未出生的孩子是像爸爸还是像妈妈。

一年前，宋诚的妻子小兰在街头采访时为救两个初中生遭遇车祸身亡，胎中五个月大的孩子被撞出体外。他接到电话后发疯似的赶往现场，在途中无数次乞求这不是真的，如果是真的，那就让他代替妻儿去被车子碾压，无论被碾压多少次，他都心甘情愿。

等他赶到现场时，同事马小文、郑新、李珊珊已经等在那儿了。一向嬉皮笑脸的郑新此时也红着眼睛死死抱住他，任他发疯似的捶打。珊珊哭得不成人样："宋队，不要过去，求你了，不要过去。"

宋诚说不出一句话，只是死命地摇头。拼命赶过来就是为了见上妻儿最后一面，不能被挡在这里。

他发疯似的挣扎着。

"不要过去，小兰姐……不想让你看到她这样子的。"郑新死死抱着他的腿。

始终没有说话的马小文突然走上前，一拳将宋诚打得踉踉跄跄。

看着马小文红红的眼眶，宋诚突然变得安静。他颓然坐在地上，抬头望向天空，就像妻子早上说的那样，今天阳光真好，可为什么感觉不到一点点的暖意？

他就这么坐在地上，一动不动，一声不响，看着警察、医生忙碌，好像一切都与他无关，他的眼中只有地上的那一摊血。

妻子已经离开 303 天了。

这个念头让宋诚猛然从睡梦中惊醒，他发现自己扒着婚床的床沿睡着了。窗外一片漆黑，指尖触碰到冰冷的手机屏幕，已是凌晨三点，他忍不住打了个喷嚏。

感冒病毒并不怕警察，何况他现在也不是警察了。宋诚缓缓起身，走到客厅的边柜，柜子上的塑料篮子里盛着很多药，都是妻子为他准备的。他拿起一板感冒胶囊，顾不得是否过期，取出一粒，拿起玻璃杯盛上自来水，就着水吞下了药片。

水冰凉冰凉的，将他再次推回去年的冬天。

车祸后，这一直都是江城最热门的新闻，坊间消息不断，有人说肇事司机江斌的母亲是知名企业家，父亲身份非常，那辆超跑至少五百万元打底；有人自称他的同学，指证他曾在社交媒体的个性签名中写下"如果有一天我因竞速而死，请不要为我哭泣，因为我一定是笑着离开的"；更有人言之凿凿地说，曾在前一夜看到酒吧里的江斌一口气点了十几万的洋酒，喝得烂醉……

宋诚谢绝了所有人的关心，一个人在家里躺了七天七夜，随后突然回到警队，在同事的诧异目光中，开始了没日没夜的工作。所有人都明白他是要用这种方式将自己从痛苦中抽离。因为一直以来工作上的勤勉表现，次年五月，他前往省城，从省厅领导手里接过了"优秀刑警"的荣誉。

从省城回来当天，法院通知宋诚，"1212特大交通肇事案"三日后庭审。为避免一系列证据对他和岳父岳母造成二次伤害，律师建议他们不要出庭。

庭审中，控辩双方对江斌患有癫痫并无异议，双方辩论集中于被告人是否自知患有癫痫病。检方认为江斌自知，因为他青少年时曾在神经内科就医，而癫痫是神经内科的常见病，理应"以危险方法危害公共安全罪"定罪。而辩方律师认为江斌不自知，称当时只是偏头痛，因此以首次突发癫痫为由进行抗诉。法院在多方取证后认可辩护律师的意见，认定"1212特大交通肇事案"为意外事件，江斌免于刑罚，当庭无罪释放。

法院外的宋诚几乎无法接受这个判决，更不知该如何告诉已经搬回老家养老的岳父岳母。

同时，判决结果再次引燃舆论风暴。绝大多数人并不相信新闻报道中的定论，他们坚信江斌没有癫痫，而是用特殊手段逃避了法律的制裁。即便死者是一名记者，死者的丈夫是一名人民警察，可在权钱面前，这样的身份又顶什么用！

自判决后，宋诚的心中始终充斥着这两个问题：江斌真的有癫痫吗？即便有癫痫，他真的是首次突发吗？

宋诚曾不止一次询问负责案件的同事甚至是医学专家。得到的回复都是：车祸现场提取到了江斌带血的唾液，同时经医院全面诊断，确认是癫痫发作。他也曾哭过，闹过，委屈过，但内心始终相信司法的公正,这不但源于多年的一线刑警生涯,也源于对朝夕相处的同事的信任。可他并非生活在真空中,别人看到他时那一副同情的表情,都好像在说:看,他就是那个倒霉的男人。

伤口一次次被揭开,如影随形的怀疑深深地折磨着宋诚。

身为人夫,身为人父,如果那份报告是假的,他却没有任何行动,还有何资格存活于这个世界,有何面目去见九泉下的妻儿?

心灵之苦的折磨远甚于肉体之苦。宋诚可以不动声色地去上班,去吃饭,去看电影,去打球,去闲逛……但他心里知道,无论做什么,他都无法真正地开心快乐。那些三口之家的日常场景,无论是在他眼前,还是只出现在屏幕里,都会勾起他的回忆,引发他的痛苦。

他这辈子永远失去了开心快乐的权利!

宣判后的第七天凌晨,宋诚又梦见了妻子,在笑声中突然惊醒,随后望着空荡荡的双人床和积满灰尘的婴儿房,蜷缩在地板上无声抽泣。

当天清晨,他请了假,一个人来到江斌位于城南的别墅前,偷偷观察。可三天过去,他只看到了江斌的母亲江芳草。就在他准备偷偷溜进去之时,马小文找到了他,原来江芳草早已发现宋诚在跟踪自己。宋诚并不死心,坚持让郑新在电脑系统中查询江斌的信息,使得郑新因此受到纪律处分,失去了升职机会。不甘心又充满愧疚的宋诚闯进马小文办公室,将"优秀刑警"的奖章扔在地上,声称一个连自己的公道都无法维护的人,没有资格成为一名警察,随后大踏步离开了警队。

那个晚上，马小文提着一瓶白酒，来到宋诚家，推心置腹地劝他重新开始，并说已经为他申请岗位调离。马小文走时，背对着他，叹了口气，轻声说："人的一生都很苦呀，生老病死，各种意外，可凡人除了接受，没有任何办法！"

几天后，在马小文的安排下，宋诚离开警队，调职到华光社区，成为一名副主任。他也离开了那间藏满美好和泪水的婚房，换掉了即将报废的桑塔纳，在新单位旁租了一套两室一厅的房子。

不能否认的是，随着日升日落的重复，新的工作、新的住所让宋诚变得平静。时间确实会抚平一个人的伤痛，但他也明白，如果始终无法得知事情的真相，那么被抚平的，不过是表面的创伤而已，而藏在心底的伤痛却不会有任何减弱。

脱下警服，或许他的内心早就做好了某种选择。

自来水还在流淌，宋诚把头探到水龙头下，任水淋湿了他的头发，溅湿了他的衣服。

他在水下大口大口地喘气，却丝毫感受不到冰冷。

东京时间下午五点四十二分。

一架空客330-300飞机停靠在日本东京羽田国际机场，此时细雨蒙蒙，登机口还有少量的乘客在排队进入。

三分钟后，江斌最后一个进入机舱，化着精致妆容的空姐正忙碌地为乘客摆放行李。当他走到倒数第二排时，坐在过道旁的老太太站起身问："小伙子，我能和你换一下座位吗？"

江斌点点头，随后老太太坐到了靠窗位置，他则坐在过道旁。

这是架从日本东京飞往江城的客机,总里程1787公里,全程约三小时十一分。

飞机起飞后,一切正常。

老太太看了会儿窗外的风景,也觉得乏味,便闭上了眼睛,随后传出低低的鼾声。空姐推出小餐车,开始派发餐食。乘客们各忙各的,只有江斌茫然地看着前方,不知道在想些什么。

半小时后,飞机遇到气流,微微颠簸起来,习以为常的乘客们仍在各自忙碌。几十秒后,虽然颠簸加剧,可好在机舱里的提示音及时响起,并未引起慌乱。坐在江斌后面的一个中年男人故作老到地说:"这都是小儿科了,上次我从北京飞广州,那颠得才叫个厉害。"

男人话音刚落,江斌就觉得屁股底下狠狠颠了一下,所幸安全带将他牢牢固定在座位上。失重了。前方的空姐毫无防备,一头撞向机舱顶,还有的乘客被自己的热咖啡泼了一身。

他正要收回视线,只觉得左手一坠,转过头看到身边的老太太紧闭双眼,全身颤抖,死命抓着他的手。

机舱内鸦雀无声,寂静得让人害怕。颠簸愈演愈烈,飞机再次急速下沉,失重感更加强烈。机舱前方突然传来一个孩子的哭声,打破了之前的沉寂,整个机舱瞬间被哭喊声包围,连身后中年大叔的嘶喊声中都带着哭腔。空姐红着眼睛,瘫坐在地上,紧紧抱住身边的座位,扯着嗓子拼命提醒大家系好安全带,全然没有意识到自己的额头已渗出了鲜血。

飞机在万里高空中急速下降,几个行李架突然弹开,行李箱顺势滑落。空姐挣扎着想站起来，却再次被颠得撞向机舱顶，擦出了血印。

机舱中弥漫着世纪末日般的恐惧，求救声、哭喊声一浪高过一浪。

"我想回家。"老人的声音微微颤抖。

江斌侧过身，握紧她的手："会的。"

他没有害怕，侧过头看向机窗，窗外的白云正向上快速浮动着。今天又会是场意外事故吗，就像一年前那样？

去年冬天的一个早晨，离江斌大学毕业没几个月的时间，他开着一辆崭新的兰博基尼跑车，前往女友的住所。那天他计划求婚，却在途中接到女友的分手电话，随后就什么都不记得了。醒来已是三天以后，他在病床上被告知发生了交通事故，跑车撞向两个初中生。一个女记者推开了学生，自己却被撞飞，当场身亡。更让人难过的是，她还怀着孩子，现场惨不忍睹。

江斌是在单亲家庭长大的，母亲江芳草是江城知名企业家。听到消息之后，江斌哭着问母亲，自己是不是真的撞死了那个记者和她的孩子。江芳草却收走他的手机，不让他与外界联系，还面无表情地说，那只是一场意外，她会料理一切后续。

在法庭上，检察机关找到了他十一岁时的神经内科就诊记录，准备以"危害公共安全罪"将他绳之以法，但母亲却用眼神暗示他不要慌张，因为为他辩护的刘律师是国内收费最高的刑事律师。

果然，刘律师针对检方的各项证据提出了异议，最终，法官根据公安机关现场记录及第三方医疗诊治机构出具的癫痫医学证明，在调查了江斌过去所有求诊记录后，认定这是江斌首次癫痫发作。根据我国《刑法》第十六条规定：行为在客观上虽然造成了损害结果，但不是出于故意或者过失，而是由于不能抗拒或者不能预见的原因所引起的，不是犯罪。"1212特大交通肇事案"被认定为一场交通意外，肇事司机江斌在刑事上免责，仅需承担民事责任。

很多人不能接受这个结果，这大大加剧了社会对此案的讨论：一个之前没有任何病史的富二代，为何会突发癫痫，开着超跑撞死见义勇为的怀孕女记者？到底是失恋泄愤后，作伪证逃避法律责任，还是真的被失恋刺激，导致隐藏的癫痫病发，造成一场意外事故？

鉴于江斌家境富裕，很多人都更愿意相信前者。

在法院判决的第六天，母亲立刻安排儿子前往日本留学，准备冷处理，让时间磨平一切。

在日本的三个多月里，他一直在东京郊区的一所语言学校学习，准备参加次年的日本修士（硕士）学位考试。昨天母亲也来日本看过他，她见儿子身心未受到影响，甚感欣慰。这个女强人已经替他规划好了一切：在日本读完硕士再去美国读博士，然后回国接掌公司。

母亲走后，那个噩梦又出现了。一个女人重重摔倒在地，身旁还有一个不成型的婴儿，血染红了地面，他甚至还看到了……

他干呕着醒来，无法确认梦里的画面是当时亲眼所见，还是臆想。

我真的有癫痫吗？江斌轻声问自己。在那场事故之前，他没有任何癫痫症状。医生告诉他，癫痫的病因复杂又隐蔽，普遍认为遗传因素较大，可他从未听说父母两边有家族癫痫病史。到了日本后，他甚至停了药去东京最好的私立医院检查，但什么都查不出来。而且停药后，他没有再出现任何癫痫症状。

难道真的是母亲用特殊手段帮他脱了罪？毕竟在上庭前，他头上的伤早就好了，但母亲还是让医生为他缠上厚厚的纱布。他就像一个玩偶，任母亲摆布。

反之，如果江斌真的有癫痫，那儿时的流言就可能是真的。父母在他很小的时候便离婚了，此后，他从未见过父亲。当时有流言说，母亲是依傍一位要员才换得事业的成功，而江斌就是他的私生子，癫痫的基因想必来自那位要员……

这两个结果，无论哪一个，都是他无法承受的。

梦醒之后，全无睡意的他冲动地打开笔记本电脑，在网上搜索十个月前那场事故的新闻。置顶的新闻下光网友的留言就多达五万条，自事故后，他总会搜索那条新闻，但都没有勇气细看。昨晚他不再犹豫，点击鼠标，第一次点开了那条新闻的详情。

新闻里没有出现他的名字，只是客观描述了事发经过，下面则是密密麻麻的网友评论。

"有钱就能为所欲为？以前是精神病背锅，这次是癫痫背锅，能让这个畜生也被车撞死吗？"

"怎么可能，有钱人的世界你们是不会懂的，弄不好人家现在正在马尔代夫泡妞呢。"

江斌一条一条往下看，可留言里都是对他的诅咒。即便很少有人知道他就是肇事者，即便这是十个月前的留言，即便他现在身处日本，但仍会觉得自己正被扒光衣服，扔到江城最热闹的街头，任每一个路过的人朝自己吐着口水。

终于，在一片讨伐声中出现了一个理智的声音。

"难道因为他家里有钱，便连呼吸都有错吗？不能因为他是富二代，就可以不问青红皂白，把所有脏水都泼给他。我们这样泄愤，对找到真相没有任何的帮助。"

不出意料，这条留言遭到了更多人的攻击。

"你是他家的走狗吧，汪汪叫几声，快滚回主人家吧。"

"你怎么知道他说的就是真的？小朋友，你太年轻了，以后社会会给你好好上一课的。"

…………

看到这些留言后，江斌怔怔地坐着，一动不动。猛然，他站起身，单手拎起这台银色的电脑，高高举起，恨不得将它砸得稀巴烂。但就在准备发力那一刻，他突然笑了："你们又不了解我，凭什么这么说我？凭什么！"他转头看着漆黑的窗外，赌气般地自言自语着，"从现在开始，我不会再管你们说了什么，再也不会了。"

他走到窗边，仰起头。今夜的月光特别明亮，院子里那棵大树的影子清晰地印在石板上，连风吹过的痕迹都看得一清二楚。一行热泪淌过脸颊，滴落在地。

今天一早，江斌乘坐电车前往学校，途中，他想起那条新闻下的各种留言,在电车门即将关闭的那一刻,猛然冲了出去,并照着指示,快步奔跑上了前往机场的电车。

我不能再这样不明不白地活下去,我要找到真相。

就这样,在机场购买机票后,没有任何的准备,没有任何的犹豫,他已悄无声息地登上了此次航班。

眼下,飞机还在持续下坠,颠簸毫无减弱的趋势,机舱中弥漫着尖叫声、求救声……

老人虔诚的祈祷在排山倒海的哭喊声中瞬间淹没。

第二章

又是新的一天。

从城中村昏暗的房间走出来,杜明哲费了点力气才将有些变形的老旧木门锁上。他转身,哈出一口气,看到"白烟"向上腾起一小截,又瞬间消失得无影无踪。往左拐是一个报刊亭,那里除了售卖报纸还兼卖简单的早餐。老板娘照例递给他两个馒头,这是他入住城中村后一直不变的习惯。一张早就过期的《江城晚报》被压在辣椒酱瓶下面,头版上是一条醒目的新闻:东京飞赴江城航班惊魂,飞机45°角下落有人录遗×。最后一个字被滴在上面的一团辣酱盖住了。

是"言"字吧。他一边想着,一边抓起馒头走到了村口。那里有一个木质牌坊,上面写着"李家村"三个大字。牌坊两侧各有一个造型诡异的动物,杜明哲觉得是猫,但李家村的人非说这是狮子。在没有活干的日子里,他总是喜欢拿着馒头站在狮子旁,静静看着眼前近在咫尺又遥不可及的城市。

我的人生还有希望吗？

这不应该是一个十八岁的年轻人所提出的问题。

杜明哲来自西北的一个山村，那里明朝时出过进士，父亲希望他效仿先人，所以取名"明哲"。父亲虽然只读完了小学，却一度是村子里最有学问的人。几个月前，杜明哲初中毕业，辜负了父亲的期望，带着仅有的一千八百元钱，谢绝同乡邀他一起去深圳打工的好意，只身来到了江城。

此时，一辆公交车在离牌坊十米远的车站停下，等车的人蜂拥而上，直到再也挤不进去。

对于城中村来说，走出村口就是走进城市，那里是一个与城中村截然不同、忙碌又现代化的世界。越来越多的人从杜明哲身边匆匆而过，他们大多穿着整齐、轻便，提着包，或是拎着小巧漂亮的手机袋，有些男人还打了领带。他们可能和杜明哲一样，住在没有窗户、没有暖气、没有独立卫生间的阴冷房间里。但只要太阳从地平线升起，他们就好像听到了城市的召唤，成群结队体面地走向城市。在城市里，他们用着最新款的手机，喝着包装精致的咖啡，发着电子邮件交流工作，谈论着当下时新的话题。他们的一切都和这个城市、这个世界、这个时代息息相关。即便到了晚上，他们会和过了午夜十二点的灰姑娘一样被打回原形，再次回到阴冷黑暗的城中村，但他们至少拥有过光鲜又充满希望的白天。

今天杜明哲也要"进城"——去华光社区办理居住证，因为昨天他找到了工作。可这能叫工作吗？虽然他来自小地方，也只读到初中，但还是看出这份工作的蹊跷之处。他没有资格拒绝，若不是昨天雇主给了他一笔现金和一部手机，让他去一个叫"海晨小区"的地方租一套房子，杜明哲都不知道自己能不能熬到明天。

一个多小时后，他步行到了海晨小区大门外。一个穿着廉价西服的男人正在那儿不断向路人推销着什么，可路人要么冷漠地回绝，要么闷声不响地加速走开。虽然一直被拒绝，那男人倒也不气馁。

杜明哲走到他身边时，男人脸上的失望、颓废瞬间又变成了笑容："先生，您需要擦鞋剂吗？可以擦皮鞋、运动鞋，黑的、白的都可以。"

见少年停下脚步，男人变得激动起来："先生，这个既可以擦鞋，还可以擦沙发什么的。"

"多少钱？"杜明哲从口袋里拿出一张一百元纸币。

"两瓶七十六元，您要不看下网上的价格，我真的没有多加钱。"男人说话的语气近乎哀求。

"不用了。"杜明哲看着男人，又补上一句，"我相信你。"

"谢谢您，谢谢您。"

杜明哲不愿看到别人对他的感谢，接过零钱后头也不回地拐进海晨小区，顺着指示牌走进了社区办事大厅。

张琼见一个穿着单薄的少年拿了张表格，却只在名字那栏填了"杜明哲"，其他都空着，便指着表格说："这些都要填写的。"

"我不知道怎么填。"

"填你的父母。"

"去世了。"

"兄弟姐妹呢?"

"就我一个。"

"堂兄表弟之类的也可以。"张琼的声音温柔了不少。

"也没有。"

张琼看了一眼他,迟疑了一会儿才说:"要不写一个紧急联系人吧,只要是朋友都可以。"

这个高大清瘦的少年还是摇了摇头。

就在张琼准备开口时,不知什么时候走过来的宋诚拿起登记表,又看了一眼杜明哲,对张琼点了点头:"就这样吧。"

往年江城二三月份的二手房成交量最大,因为小学是在四月中旬开始报名的,家长只要提前一两个月购置即可。从去年开始,随着学龄儿童的增加,几个知名小学生源相继爆满,导致一部分买了学区房但落户较晚的孩子没能进入中意的小学,这增加了家长的焦虑。以至于今年还没过年,二手房市场已经相当火热。

张琼走进宋诚的办公室,递给他一沓文件:"现在符合入学条件的孩子有二百零九个,而南城实验小学最多开四个班,每个班满打满算四十五个,好多孩子都读不了。"

"一部分会去私立小学吧?"宋诚听说去年有十几个孩子选择了收费高昂但据说教学质量更好的私立小学。

"现在二手房太火了,每天都有人来咨询落户,全是冲着实验小学来的。"

"赶紧跟区教委反馈下,让他们发个入学预警,别到时候房子买了,学上不成。"

张琼点点头,看了眼窗外,见路上的行人已经不再撑伞,笑着说:"雨终于停了。"

宋诚回过头看了看,雨果然停了。要知道,这场雨已经整整下了六天。

连绵不绝的雨水,不但影响了人们的生活和心情,据说去医院看老寒腿、风湿的病人也激增了一倍。电台广播里不厌其烦地播报着各大医院门口拥堵的交通路况。

"昨天洗衣机品牌才跟物业谈好,说想在小区里放几台有烘干功能的样机,没想到雨就停了。"张琼摇了摇头,说完转身出去了。

太阳已经从密集的乌云中露出了小半张脸,宋诚收回视线,见窗台上那盆绿萝的叶子蔫了,忍不住用手摸了摸。

南城实验小学入学人数超标一事,让宋诚烦恼了整个下午。这注定有一部分学生要分流到其他小学,可以想象那些家长听到这个消息后的失望,先不说别的小学教学质量的好坏,单单每天要跑远路接送孩子就是个烦心事。

临近下班时,一个男人和张琼的争吵声从办事大厅里传来。

"先生,你这个事情要找物业。"

"你要把我当成皮球踢来踢去吗?"听声音,男人很年轻。

"我、我不是要踢走你,小区物业就在旁边,我陪你们过去。"张琼解释道。

宋诚放下手里的笔,腰杆挺得直直的,认真听着外面的动静。

"海晨小区难道不属于华光社区？你们社区难道不管海晨小区的事情？"

宋诚眼睛一眨，觉得这个男人有些棘手。

"华光社区下辖三个小区，海晨小区是其中之一，小区的事情，我们当然会管。"张琼说得义正词严。

宋诚却听得直摇头。果不其然，这个男人马上说："那你干吗要把我推到物业去？"

"我、我……"

宋诚叹了口气，张琼看上去挺精明，但总会着了别人的道，就在他站起身，准备出去看看时，耳边又传来另一个男人的声音。

"你烦不烦！"

这声音有些熟悉，宋诚想起一个礼拜前那个连紧急联系人都没有的小伙子，依稀记得他叫杜明哲。

"哎哟，你做了那种事情，还不好意思承认吗？"男人将矛头指向了杜明哲。

"我做了什么？"杜明哲寸步不让。

"你一个乳臭未干的孩子，认个错有那么难吗？"

"你到底想说什么？"杜明哲语气中透露着不耐烦。

"你在楼上装了个高倍望远镜，难道不是为了偷窥？"男人故意把"偷窥"两个字说得格外重。

"我怎么被你弄糊涂了？"张琼插话道。

"事情是这样的，他家的水漏到了我家，我上去理论时发现，楼上不但马桶漏水，还装了一个高倍望远镜，这不是很奇怪吗？"

男人一口气说完。

"这有什么奇怪的,高倍望远镜又不是违禁品。"张琼一时不知男人的用意,"你、你、你到底想说什么呀?"

"我又没说它是违禁品,是你说的呀。那你再说说,漏水的情况要怎么解决?"

这是一个什么样的家伙!宋诚好奇地推开门,看到一张年轻但藐视一切的脸。

几秒后,他迅速关上了门,呼吸急促地背靠着门板。

怎么会是他,他怎么会在这里?

宋诚攥紧了拳头。无论如何,他都想不到竟会在这里遇到肇事司机江斌。

门缓缓地开了,宋诚从背后冷冷地盯着江斌。江斌并未察觉,依旧侃侃而谈,听得张琼目瞪口呆,反而杜明哲神情漠然,一副局外人的模样。

"够了!"宋诚低沉的怒吼声充斥着整个办事大厅,所有人都看向他。

"有事?"他努力控制着情绪,但眼睛依旧盯着江斌。

"我、我没啥事,就是这家伙卫生间的水渗到了我家天花板上。"江斌指着杜明哲又开始了唠叨,"我还以为楼上没人呢,结果他就在家里,却不管马桶漏水,你说这是不是故意的?"

"闹够了吗?"宋诚冷冷地打断了他。

江斌一下子没反应过来:"啊?"

杜明哲见事情越来越麻烦,连忙对江斌说:"你先找人修,我有钱了就还你。"

江斌刚想拒绝,却无意间看到少年的裤子内侧有一个补丁,一时愣住,下意识地答应道:"行吧行吧,我就做回好人。"

宋诚再没有看任何人,而是转身回到办公室。关上门后,整个身体像被掏空一般,他背靠着门,瘫坐在地上。

宋诚曾无数次想过,当再次遇到肇事司机时,会是怎么样的情景。打他?骂他?还是……

但绝对不是刚才的样子。

他紧紧抱住头,觉得自己太懦弱了,对不起妻子和孩子。他多少次幻想自己把江斌踢倒在地,痛诉江斌的所作所为……不是应该这样才对吗?

见争吵不休的两个年轻人总算一前一后出了办事大厅,张琼又看了看副主任办公室紧闭的木门,双手一摊,喃喃自语道:"啊,这就解决了?"一回头就看到李龙光正眯着小眼睛冲她笑。

出了办事大厅,江斌向前一步走到杜明哲身边,追着问:"你为什么要装望远镜?是为了偷窥吧?"

"你不说话就代表默认了。

"你这个人怎么回事,怎么一句话都不说……"

江斌叽叽喳喳,竟一路跟着杜明哲到了六楼。

"还有事?"杜明哲开了半扇门,双手扶住门框,拦住了想要进门的江斌。

见屋里的桌子上放着两盒没有开封的擦鞋剂,江斌试着转移话题,笑着说:"你也买了擦鞋……"可话还没说完,眼前的门就被"砰"的一声关上了，差点儿夹到他的脸。江斌脸上的笑容瞬间僵住，他略有失落地摸了摸鼻子，走进了黑乎乎的楼道。

杜明哲站在门后，确认江斌离开了，这才走到窗边，透过望远镜看向对面的高楼。他不断地调试镜头，却始终无法集中注意力。要把这件事告诉雇主吗？不，不能说。才一个礼拜就出了这样的事情，如果被雇主知道了，这份工作怕是保不住了，那么他将会身无分文，再次被这个城市抛弃。

他来江城已经好几个月了，因为没有学历，没有老乡介绍工作，只能打打散工。即便住在李家村那样便宜的农民房，也时常因为拖欠租金被赶来赶去。最困难时，他睡在天桥的桥洞下，两天只吃了三个馒头，万幸那时天还不太冷。有个晚上，他被一辆救护车的鸣笛声吵醒，翻来覆去睡不着后索性走上了天桥。一辆又一辆的汽车在他脚下穿梭而过，他望着桥下的车流，再一次感到了迷茫，不知前路在哪里，明天又会怎么样，更不知道这个世界上是否有人会想起自己。

有人会想起我吗？每当有这个念头，他就感到自己很可笑。怎么可能会有人想起他？即便曾有人关心过他，但后来也抛弃了他，不是吗？杜明哲抬起头，看着月亮，可月亮在他眼里已模糊成了两三个。

记得老师说过，月亮本身不会发光，只是反射了太阳的光，因此不会温暖我们。

一个礼拜前，他口袋里只剩下了三四十块钱，不得不到劳动力市场门口碰碰运气，谁知竟有了意想不到的收获。一个戴墨镜、鸭舌帽的男人找到他，问了几个问题后就给了他一些钱和一部手机，要他去海晨小区租个房子，用来监视 11 号楼的 503 室。整个过程不超过两分钟，杜明哲没有提出疑问，只是一个劲儿地点头。那个男人走后，他赶紧跑到旁边的包子店，连吃了五个大馒头，最后还奢侈地买了一个肉包子。

这份工作拯救了他。

雇用他的人是谁？

有什么目的？

这份工作会持续多久？

他什么都不知道，只知道要紧紧抓住这个机会。

很快，杜明哲便租好了海晨小区的 9 号楼 603 室，并配备了高倍望远镜。可入住后，对面的 11 号楼 503 室就一直拉着窗帘，没有任何动静，性情淡漠的他也不禁有些着急，忍不住向小区门口的二手房中介打听起 503 室的情况。结果只打听出那间房有八十八平方米，两室一厅一卫，其中两个卧室朝南，主卧还配有一个阳台。

这真是一件奇怪的差事。

如果不是楼下那个江斌上门，他应该不会和这里的人有任何瓜葛。

胡思乱想间，他看到 503 室的窗帘拉开了一点，露出一个人影来。

这是杜明哲第一次看到 503 室有动静，饶是他平日再怎么冷静，此时心也跳到了嗓子眼，默默祈祷那个影子快点来到窗边。

终于，镜头中出现了一撮长发，是个女人。

门铃响起。

关键时刻，他不想有任何的分心，可门铃声却始终不停歇，最后干脆变成了砸门，一声高过一声。肯定是江斌，刚才他就在外面口无遮拦地说什么"偷窥"，如果现在不去开门，不知又要闹出什么样的风波。杜明哲无奈地放下望远镜，跑去开门。

出乎意料，站在门外的不是江斌，而是一个陌生的老头。只见他又矮又胖，左手臂上还绑了一块红布条，看样子是社区的工作人员。

"新搬来的？"老头没有抬头，拿着笔在本子上唰唰记着什么，"叫什么名字？"

"杜明哲。"

老头递过来一张纸："这是咱们小区的公约，什么能做，什么不能做，写得清清楚楚。"

"还有其他事吗？"杜明哲直接把公约攥在手里，心里还想着对面503室里的女人。

老头抬起头，因个头矮，使得杜明哲能看清他整张脸——这是一个不能招惹的家伙。

可惜已经来不及了。

老人合上本子，盯了杜明哲一会儿，又煞有介事地吹了吹左手臂上的红布条："你这个小年轻怎么回事，我还不是为了你好，听说你家厕所的水漏到了楼下，如果你早点读到公约第四条第二点的第八小项，就不会犯错了。"

真是头痛,早知道就该接过那张公约后礼貌地微笑,随后立马关门。杜明哲懊悔不已。

"你知道吗,去年也有一对马虎的情侣,不知道在干什么,也把水渗到了楼下,赔了三万八呢。"

这么贵!

老头又唠叨了一阵,见他没有顶嘴,觉得孺子可教,心满意足地离开了。

杜明哲立刻跑回窗边,可对面503室的窗帘已经拉上。

他错过了。

晚上七点。

华光社区办事大厅的大门紧闭,里面漆黑一片,唯独宋诚办公室的灯还亮着。他一动不动地坐着,面前的桌上放着一个牛皮纸信封和一本略显陈旧的存折。这是那天深夜离开婚房时,他无意间在抽屉的角落里发现的。

光滑的信封反射着白炽灯的光芒,依稀可见"辞职信"三个字。宋诚拿起信封,从里面抽出一张白纸,上面只有短短三行字:

辞职信

因个人原因,本人申请辞职,望批准。

丁小兰

毫无疑问,这是妻子的笔迹,可他从没听说过妻子要辞职,一次都没有。相反，妻子作为《江城晚报》的法制专栏记者，一直非常热爱这份工作，不管有多辛苦，她都全力以赴，好像有使不完的力气。这样的妻子，怎么会有辞职的念头，甚至已经写好了信，就差递交上去？

他放下信纸，拿起存折，上面写着"中国银行零存整取储蓄存折"十二个字。第一笔钱始存于六年前，正是两人确定恋人关系时，此后每个月都会固定存入八百元，最后一笔记录是在妻子出事前的一个月。婚后，家里的积蓄都是妻子在打理，宋诚只要上交工资卡即可。他虽没听妻子说起过这个存折，但每个月坚持做同一件事，倒也符合妻子的个性。

宋诚起身站在窗前，眼前居民楼的窗子渐次亮起了灯，厨房中满是忙忙碌碌的身影。

妻子是那种一旦有了决定，就会付诸行动的人。不管有多少人反对，不管前方的路如何坎坷，她都会去做。为什么这封辞职信最后没能交上去，甚至作为丈夫的他，都毫不知情？

同样，在钱的方面，妻子对他毫无隐瞒，即便只是给岳父岳母买些水果，也会如实告知，可为什么从没提起过这本存折？她肯定知道，就算是她的私房钱，他也会举双手赞同。

这，究竟是怎么回事？

慢慢地，对面居民楼里的灯光次第暗了下去。宋诚舔了舔嘴唇，转身把信纸折好，连同存折一起塞回信封，夹在了《DK宇宙大百科》的第七十八页。

自那天的女人出现之后，一连几日，对面楼的503室都没了动静。

这天下午，杜明哲来到物业办公室打听503室的住户信息，却再次碰壁，并被告知这属于业主隐私，物业无权透露。走出物业办公室，他拐进了旁边的便利店，顺手拿了瓶可乐，这是他来到这座城市后最想尝一尝的饮料。

"喝完可别乱扔瓶子。"

这声音有点耳熟。刚迈出便利店大门的杜明哲循声望去，看到五六米远处的长凳上，坐着一个又矮又胖的老头，左手臂上绑着红布条，正斜着眼睛盯着他，好像肯定他会乱扔似的。

又是这个人，上次害自己错失观察503室机会的老头！

光头的便利店店主从店里搬出一大堆用过的纸箱，放在杜明哲身边，小声说："这就是高老头，海晨小区两大魔头之一，虽然姓高，实际上又矮又胖，还超级爱管闲事。"他瞥了一眼杜明哲，不屑地说，"那公约不知道是从哪里搞来的，还真把自己当成了社区主任。我们背地里都叫他假社区主任，一年365天都戴着那块破红布条。"

话音刚落，高老头便站起身来，指着地上那堆废旧纸箱冲店主嚷道："哎，你怎么又把垃圾放在这里了？这里是公共区域，快点拿走！"

店主赶紧赔笑，答应立马收拾干净，高老头这才满意地点了点头。

杜明哲正要离开，看到江斌也来到便利店门口，从冷柜里取出了一瓶可乐。江斌看了一眼高老头，冷笑一声："人家开门做生意，不过是放一会儿，真是多管闲事！"

"你说什么？"高老头怒不可遏，冲江斌吼道，这个小区几乎没有人敢这么跟他说话，何况还是个乳臭未干的小子。

江斌晃了一下可乐瓶，拧开盖子，迸出的可乐气泡差点溅到高老头身上。江斌脸上却没有丝毫的歉意："说你喜欢拿着鸡毛当令箭。"

话音刚落，又有一个老头溜达着走了过来。这老头又高又瘦，绿色的夹克外面套了一件略为紧身的红色小马甲，再加上地中海发型，像极了动画片《蓝精灵》里的格格巫。

瘦高个老头走到江斌身边，也不管认识不认识，猛拍了一下江斌的肩膀："小家伙，你太给高主席面子了，他连一根鸡毛都没有。"说完就独自大笑起来。

店主看热闹般放下旧纸箱，悄悄对杜明哲说："新来的是刘老头，海晨小区另一个魔头。爱管闲事的高老头住在10号楼一楼，这个刘老头住10号楼顶楼，就爱显摆他在国外的儿子，还爱占小便宜，两人一见面就吵架。"

高老头明明姓高，实际上又矮又胖，而新来的刘老头却又高又瘦，两个人站在一起就够奇怪了，还偏偏互相看不上眼。

江斌走到店主身边，递给他五块钱，不忘讥讽他一句："就你爱八卦。"

店主闻言收起笑容，悻悻地搬起旧纸箱走进了便利店。

面对刘老头的挑衅，高老头不急于反击。他先拍了拍袖子上的红布条，又有模有样地吹了吹上面并不存在的灰尘，这才转过头，指着江斌对刘老头说："难不成，这小子就是你吹嘘的儿子？怎么着，要两个打一个吗？"

刘老头没搭茬："高老头，整个小区没人喜欢你，我需要别人帮吗？讨厌你的一人吐你一口口水，就能淹死你。"

江斌憋不住，"扑哧"一声笑了。

高老头白了一眼江斌，对刘老头说："别嘚瑟，你这个刘老头抠门小气又爱占便宜，难道会有人喜欢你？"

谁知话音刚落，就听到江斌大声说："谁说没人喜欢他，我就很喜欢。"

高老头一脸诧异地看着他，怀疑是不是自己听错了。

这句话像一滴甘露，给刘老头这片久旱的土地带来了希望。他走到江斌身边，手用力地搭在他肩上，对高老头说："说那些有的没的有啥意思，你看现在有人搭理你吗？我可是有人支持的，你有吗？"

高老头四下张望一番，最后盯着杜明哲，目光和善不少，就差说出来：小子，给你一次机会，快站到我这边来。

杜明哲却对旁边发生的事情无动于衷，只是尝了一口可乐，心道原来可乐是这个味道，自顾自地走了。

高老头气急败坏地冲他走的方向喊道："住在9号楼603室的小子，别乱扔垃圾，注意垃圾分类！"

随后，便是刘老头得意的笑声。

杜明哲梦到了爸爸。

爸爸还是那么年轻，三十几岁的模样，拿着簸箕站在院子里的洋槐树下。一阵风吹过，黄绿色的洋槐树花瓣片片飘落在爸爸的周围，他笑着朝杜明哲喊："哲哲，快过来。"

杜明哲跑到爸爸身边，蹲在地上和爸爸一起捡花瓣。爸爸抬起头，温柔地看着他，轻轻摸着他的头："爸爸真高兴，你去了爸爸一直想去的大世界。"

他看到爸爸鼻翼的那枚痣，还有眼角的细纹，哭了："爸，对不起，我很没用。"

爸爸轻轻拂去他眼角的泪水，安慰道："一切都会慢慢好起来的。"

杜明哲右手伸向空中，慢慢靠近爸爸的脸——已经很久没有摸过爸爸的脸了，可就在快要触碰到的时候，梦醒了。

他睁着眼睛，一动不动地躺在床上，过了许久才起身走到窗边，看着对面一片漆黑的503室，感到深深的不安。在来到江城的大部分时间里，因为居无定所，又没有稳定工作，杜明哲心里一直不踏实，这份工作和这间宽敞的房子暂且缓解了他的焦躁，可对面诡异的503室和对爸爸的愧疚再次点燃了他的不安，甚至比之前还要强烈。

那天被物业拒绝后，他装成外卖员，去敲过503室的房门，试了几次，都无人应答。

楼下那个叫江斌的疯子最近也没闹事。想到江斌，杜明哲不自觉地摇了摇头。这真是一个奇怪的人，好像一整天都在小区里游荡。他应该没有工作吧,否则怎么会那么闲?难不成跟自己一样,也是接了一个奇怪的任务才来到这里?杜明哲觉得这个可能性还挺大的,城里人都神神秘秘的。就像楼道里对门的两户人家,即便每天见面,两户彼此床铺的距离不超过十米,却几乎不认识,也不想认识,生怕一旦熟悉了,就会惹上麻烦。

最奇怪的还是高老头和刘老头,杜明哲好几次在望远镜里看到他俩吵架。这两个老头可真闲,如果在山里,这个时候老人家肯定都赶去祭祀了。如今山里年轻人不多,每年参加祭祀的都是同样几位老人,而且一年比一年少。他仰望天空,回想起了生活在山村里的日子。那时候,他总向往着父亲曾一直讲述的城市,但现在真的来到了城市,又无比想念家乡,即便那里已没有了亲人,即便那里的冬天更冷,那里的太阳给的温暖更少。

胡思乱想间,他已走到厨房,拿起筷子,从锅里捞起面条放入碗中,拌了点辣酱。面条是早上煮的,已经泡胀了。他端着碗来到窗边,觉得今天还会是一场空,那个女人不会出现了。

咬下第一口,面条有些硬,当他寻思着要不要再煮一遍时,余光竟瞟到503室的窗帘在动。他立即放下碗,凑到望远镜前,可镜头中那条纯蓝色的窗帘却纹丝不动。

颜色不对。杜明哲向下看去,发现刚才在动的是403室的窗帘。

他一下子泄了气。403室一直无人居住,现在可能有了新住户,他想。

杜明哲卸下防备,拿起碗,又咬了一口面条,突然,一抹亮光晃到了他,他贴近望远镜,片刻之后,迅速后退一步,用窗帘

冬日暖阳　039

盖住望远镜的镜头。

403室里竟也探出一只镜筒来,和他一模一样的镜筒。

有人在监视9号楼。

是谁?

在监视着谁?

难道自己被发现了?

江斌最近感觉有人在跟踪自己,但每次回头,都一无所获。

难道是神经过敏?他自嘲道。

这天清晨,当第一缕阳光洒向大地的时候,一辆出租车停在了海晨小区大门口。江斌打着哈欠弯着腰从车后排钻出。他刚刚在一个摇滚酒吧玩了个通宵,到现在耳朵里还环绕着重金属音乐,震得他分不清南北。他摇摇晃晃地走进小区,没多久,又感觉有人在跟踪他,便蹲下身假装系鞋带,顺手打开了手机的摄像功能。

这次,屏幕里真的出现了一个人。

冤魂不散。江斌露出厌恶的神情。

出现在手机屏幕里的不是别人,正是高老头。他晨练回来时,看到江斌从出租车里出来,心想和刘老头臭味相投的果然没啥好人,好奇地跟了上去,见江斌蹲下身系鞋带,便立刻转过身,装得若无其事。

高老头靠着树,刚长舒完一口气,就看到一张苍白又冷漠的脸出现在他面前,差点被吓得跌倒。

"为什么跟踪我?"彻夜未眠的江斌脸上现出一丝疲惫。

"一个年轻人,夜不归宿,能做啥好事!"高老头可没什么不好意思的,在他的世界里,只有两类人,他自己和除他以外的人。

"你以为你是谁呀?"江斌苦笑一声,斜睨着他,"我的事需要你管吗?"

"你怎么说话的,家教呢?你爸你妈怎么教你的?"高老头训起人来草稿都不用打。

江斌上前两步,这是他第一次这么近距离地观察高老头。虽然姓高,却是一个头发花白,又矮又胖的糟老头,身上的衣服完全跟干净整洁搭不上边,唯独左手臂上绑着的红色布条异常干净,这反而显得很奇怪。

真是一个从长相到说话到行为都让人讨厌的糟老头子。

江斌的注视,让高老头有些害怕,他不由退后了一步:"你、你想干什么?"

看到高老头的样子,江斌耸耸肩,冷冰冰地说道:"你有儿子吗,有的话,麻烦去教训你儿子吧,我不需要你来管。"

拎着袋子路过中庭的刘老头见到这两人,不禁眉头一皱。为了搭配昨晚在超市意外买到的半价牛后腿肉,刚才他特意去菜场称了些便宜的土豆。这可是半年才会出现一次的好事,土豆炖牛肉,一想到这个,他心里就乐开了花。谁知大好的心情,就被这个吵吵嚷嚷的高老头给破坏了。

"高老头,你有儿子吗?别人不知道的,还以为小江是你儿子呢。"刘老头嘲讽了一句。

高老头一下子有了攻击的靶子,转身向刘老头吼道:"我有没有儿子关你什么事？你整天吹嘘那个在美国搞科研的儿子，他怎么从不来看你？我看你有儿子也跟没有一个样。"

"我告诉你，"刘老头真的被气到了，大口喘着粗气，手哆嗦着，那一袋土豆滚到了地上，"我才不会羡慕什么儿孙绕膝的天伦之乐，孩子发展得好才是父母最大的幸福，整天窝在家里围着大人转，那是没出息！"

看着刘老头激动的模样，高老头心中懊恼自己哪壶不开提哪壶，怎么又提起了他的儿子，嘟囔了几句赶紧走开了。江斌两眼冒金星，连忙抚了抚刘老头的肩膀劝他消消气。

回到家，江斌便像一只泄了气的皮球一般，颓丧地瘫坐在沙发上。之所以去酒吧，是因为他已经失眠很久了，不管用什么方法都没有办法入睡，内心的躁动让他不断想折腾自己，只有这样才能摆脱焦虑不安，才能摆脱内心的煎熬。他不会在同一家酒吧出现两次，每次离开酒吧时都会带着不同的女人，但事后又感到无比的空虚和寂寞。可他仍然想找到更加刺激的东西，用来填补内心的黑洞，那深不见底的黑洞。

他确信，他将会被这黑洞吞噬，尸骨无存。

牛后腿肉被切成一小块一小块，和土豆一起放入了高压锅，随后浇上了酱油和水。刘老头点好火，顺手按下抽油烟机的按钮，可却没听到任何动静。他这才想起来，油烟机坏了有一段时间了。上次，他照着楼道里的小广告找了个维修师傅，谁知那师傅摆弄了一会儿，就气呼呼地从凳子上跳下来，挥着满是油污的手，埋怨刘老头为什么还要用这种老古董,连零件都没地方配。总之就是没法修。

真是倒霉。刘老头狠狠朝抽油烟机拍了一巴掌,疼得他龇牙咧嘴,又是吹气、又是揉搓。就在此时,风轮开始轻轻转动,并越转越快,可他还没来得及高兴,整个厨房便被聒噪的轰鸣声笼罩,好像头上盘旋着一架即将坠下的直升机。

刘老头急忙按下开关,世界再次安静下来了。他又想起了高老头刚才那些话,心里堵得慌。这段时间,他和江斌的关系越来越融洽,气得高老头咬牙切齿。要知道高老头以前在他这儿占不到便宜的时候,总会指着他说:"像你这样又抠门又爱占小便宜的人,没人喜欢你。"有时被逼急了,高老头甚至会跺着脚说:"你这种性格肯定会孤独终老,没一个朋友。"

前一句是客观事实,后一句却是刘老头的担忧,因此这两句话对他有着致命的杀伤力。但随着江斌的出现,形势完全变了。他有了朋友,这个朋友年轻又仗义,当众支持他,这自然破解了高老头的撒手锏。

刘老头一直很孤单,老伴走得早,儿子高中毕业就被美国一所大学全额资助赴美留学。他一直渴望着有人陪伴,但又有些抗拒,他执拗地认为,只有苦过了才能享受到甜,甚至产生了一种谬论,如果现在不受苦,以后就不能去美国享受天伦之乐了。

真的能去美国和儿子一家团聚吗?刘老头心里可没底,毕竟儿子离开他二十多年了,记忆中的儿子还是那个身材瘦削,戴着眼镜的少年。他曾一天天盼着儿子能早点接自己去美国,但每天迎接他的都只是沉默的电话机。刚开始儿子还会每个星期打来一次电话，后来是每个月一次，如今是好几个月一次。每次通话时，纵然他有千言万语，儿子那边却总是草草收场，好像只是为了确认他还活着。

他确实喜欢在别人面前有意无意地提起儿子，仿佛只有这样才能证明他是一个父亲。只是有一次，当高老头很不客气地揭穿他的伪装，嘲讽他缺什么炫耀什么时，他才意识到，原来自己心里也觉得快要失去儿子了。那天他和高老头爆发了有史以来最为激烈的一次冲突，此后，高老头每次见到他，都在刻意回避这个话题。

没想到今天高老头居然旧事重提。

刘老头承认和江斌的合作，最初是为了气气高老头，但现在却感受到了久违的温暖，会不自觉地关心这个经常嘴角上扬，满脸都写着"我不在乎"的孩子。

半小时后，高压锅的减压阀开始自动旋转，发出了"嗤嗤"声。

熟了。空气中飘荡着土豆炖牛肉特有的香味。

刘老头拿出保温桶，盛了一碗汤，挑出几块最大的牛肉。他要给江斌送去，那孩子早上的脸色着实差得可怕。

第三章

李龙光拿着一沓资料走进宋诚办公室,见主任正专心填表格,故意咳嗽了一声,希望能引起宋诚的注意。毕竟这份建议在海晨小区安装摄像头的资料花了他大半个月时间,光是入户走访群众就不下八十户。

放下资料,李龙光不好意思地眯起小眼睛,双手不停揉搓,等着被夸奖。可半分钟过去了,宋诚依旧埋头填写表格,并没发觉他的到来。李龙光只能撇着嘴巴走出办公室,最后还不死心地回头看了一眼,可宋主任依然低着头忙碌。李龙光叹了口气,回过身来却看见张琼正站在门口,使劲捂着嘴巴,强忍着不发出笑声。

过了很久,宋诚终于站起身,下意识去拿案头的玻璃水杯。一阵晕眩袭来,宋诚手中的水杯"啪"的一声掉在地上,摔得粉碎。他定了定神,蹲下身去捡碎玻璃。

一阵刺痛传来，手被割破了。

他出神地看着眼前的景象，任由地板上的血迹一滴一滴地增加。

覆水难收。

破碎的玻璃杯无法再复原。

他的人生同样无法重来了。

或许他可以像别人说的那样，和另一个女人重组家庭，但他肯定会在和新妻子牵手、拥抱、亲吻的时候想起小兰；在孩子欢悦蹦跳时，想起那个从未看过这个世界的儿子……

这些回忆，他一辈子都无法逃避。

这份痛苦，会随时出现在今后的开心时刻，将他瞬间拉回情绪的谷底。

他已经失去了快乐幸福的权利。

他的人生已经被毁掉了。

宋诚放下手里的碎片，重新坐回椅子上。血，继续滴着，直到完全凝固。

他回过神时，办事大厅已经漆黑一片，空无一人。宋诚穿过这片黑暗，推开大门，冷空气迎面而来，弄得他眼睛和鼻子都痒痒的，忍不住打了一个喷嚏。

前方的居民楼里亮起了灯，里面的人影正穿梭在不同的房间中忙碌。这日日都能见到的景象，不知为何，却让宋诚产生了异样的感觉。收回视线时，一位老人提着收音机从他面前经过，喇叭里传来女播音员字正腔圆的声音："各位听众，今天晚上江城将会迎来今年的第一场大雪……"

广播声渐渐远去，宋诚双手插进衣兜，向前走着。身旁尽是步履匆匆的行人，他们把自己包裹得严严实实，脸上却较往日多了些笑容，应该都在期待这场大雪。

他不知道自己该去哪里，只能茫然地跟着人流，穿过一个又一个十字路口。

"吱……吱……嘣！"闹市区的马路上，汽车轮胎刺耳的摩擦声引起了周围人的注意。一辆越野车堪堪停在红绿灯前，在地上留下了长而深的黑色痕迹。惊魂未定的司机顾不得修养，打开车窗冲眼前的男人吼道："不要命了吗，没看到是红灯？"

宋诚却毫无反应，依然径直往前走去。

江斌怎么会出现在海晨小区？他为什么要出现在这里？他知道我是谁吗？

没有得到回应的司机关上车窗，吼了一声"神经病"，便扬长而去。

不知不觉中，宋诚拐进一家面馆。年过半百的老板和他打了招呼，便转过头朝后厨大声喊："油泼面一份，宋警官，多放点面，微辣，不加香菜！"可回头时，已不见宋诚的人影。

灰暗的天空突然飘下雪花，比天气预报提前了足足四个小时。宋诚停下脚步，抬起头，看见漫天的雪花向他袭来。雪花慢悠悠地飘荡在空中，飘散在路灯的余影里，飘落在他的额间，随后融化，滑过他的鼻翼。

遇到江斌，是上天的安排。

冬日暖阳 047

他快步向前走去,穿过一辆辆汽车,与一对对行人擦肩而过,追赶只剩四秒的绿灯。他听不到人们的嬉闹声,感受不到他们见到雪的欣喜,无法再触动那发自内心的愉悦感。但,他却听到了心跳,怦怦的心跳仿佛关押数年的猛虎,在此刻复苏,它在怒吼,它在哭泣,它在凝视着自己。

不,它在质问宋诚!

你为何如此软弱?

那人杀死了你的妻儿,毁掉了你的家庭,让你陷入万劫不复的痛苦深渊……而你,为什么可以继续工作?为什么可以和那个人同处一个小区?为什么可以什么都不做?为什么可以心安理得地重复着过去的生活?

你忘记小兰了吗?你忘记曾经的幸福快乐了吗?你忘记自己的身份了吗?

你曾为那么多人讨回公道,被那么多人信任,但为什么不能为自己的妻儿讨回公道?你有什么资格成为她的丈夫,成为孩子的父亲?

你不配!

他突然感觉腿上无力,跌倒在路边,大口地喘气。

这个城市是多么的残酷。那么多熟悉的街道,熟悉的广场,熟悉的餐厅,熟悉的公交车站,熟悉的路牌……都在提醒着自己那些美好的过去。过去多么美好,现在就有多么残酷,眼前的景象就像一把把刀,割裂了他的五脏六腑,撕毁着他的一切,提醒着他,那本该属于他们三个人的幸福。

与其这么痛苦地活着,不如在今夜做个了结!

宋诚站起来,回头看了一眼这条街,意识到这是自己最后一次来这里了。不远处,那家母婴店天使翅膀造型的霓虹灯不停闪耀,在雪夜中格外惹眼。

突然,宋诚感觉被什么撞了一下,他低头一看,眼前是一个四五岁大小的男孩,正一屁股坐在地上。宋诚蹲下身,拉起他,帮他拍了拍身上的灰尘,问:"疼吗?"

男孩摇摇头。一个上了年纪的女人跑上来:"明明,不要乱跑。"

这个叫明明的男孩突然抓起宋诚的手,将冻得发红的脸颊贴在他手心上,俯着身,冲宋诚乐呵呵地笑,又冷不丁亲了他的手。宋诚触电一般,看着孩子的脸。

"不好意思,我家明明有些调皮。"女人有些戒备地把孩子拉到了身后。宋诚摇摇头,收回正想抚摸明明的手,随后转身走到母婴店门口,犹豫片刻便推门而入。

"先生,随便看看。"打扮得体的中年女人站在收银台后看了他一眼,又低下头做账。

宋诚从公文包里拿出一张卡,放在收银台上:"阿姐,还能用吗?"

女人看到卡片是两年前的旧款,愣了一下,随后拉开抽屉,在最里面翻出一个本子,戴上眼镜,仔细查阅后抬起头问:"先生,卡的主人叫什么名字,电话号码是?"

"丁小兰,137……"

"你们一直没有来用过,都一年多了,我打过电话,说号码注销了。"

"还能用吗?"

"可以的,里面还有五千块钱。"女人合上本子,面色温润地望着宋诚,或许眼前这个男人的妻子也遭遇了流产之类的糟心事吧,"今天是买给媳妇还是孩子呢?"

透过橱窗,宋诚在街头看雪的人群中,发现了刚刚撞到他的男孩:"阿姐,你认识那个孩子吗?"

女人看向窗外:"哦,是明明,怪可怜的,现在还不会说话。"

"不会说话?"宋诚看着明明,想起刚才手心里的温暖,"卡交给你了,以后给明明用吧。"

说完,宋诚转身离去,女人怔怔看着他推开门。飘散的雪花一片片落在他身上,又立刻融化了。

渐渐走远的宋诚回头看了一眼店门前闪烁的天使翅膀,淡淡一笑。

让一切都在今晚结束吧。

403室镜筒后面的人是谁?

他在监视谁?

是我吗?

自从发现403室的异样,杜明哲同时对两间屋子展开监视,但都没有新的发现。他看了一眼手机,已经好长时间没响过了,甚至连个推销广告都没有,而老板则自始至终都没给他打过电话。随着时间的推移,他越来越感到迷茫。

他踱步到窗边，飘在路灯下的雪花，像一只只萤火虫，闪耀着银色的光芒。

"下雪了，又下雪了。"他喃喃自语。

雪越下越大，看来今夜是不会停了。就在他走到一楼的楼道，准备去买些食物，以备不时之需时，一个男人匆匆走来，将他撞了个趔趄。那男人面色冷峻，没说一句话，甚至没看他一眼，就转身进了电梯。

杜明哲蹲下身，拾起掉在地上的钱包，脑海中闪过刚才那男人阴郁的面色、冷漠的神情，记忆深处那个可怕的人又出现了。十二岁那年，那个人也曾这么撞到自己，带着同样的神情，一声不响地推开枯木枝做成的篱笆，走进杜明哲家的院子。

杜明哲颤抖了一下，回头看到电梯正逐层上升，心里产生了一个可怕的预感。他迅速跑向楼梯，却始终追不上电梯的速度。跑到三楼半时，他终于想起这个男人是谁——记得在社区办证时有人叫他宋主任。

电梯还在上升，而他总是差一步。正当杜明哲觉得自己再也追不上时，电梯竟停在了四楼。

是宋主任下了电梯，还是其他人上去了？

他跑到四楼，气喘吁吁地看向电梯厅，里面没有人。电梯只是停顿了一下，然后继续上升。杜明哲奋力向上跑去，在五楼，他终于追上了电梯。就在他想绕着楼梯继续向上跑的时候，电梯门开了，宋诚走了出来。

宋诚还是无法原谅江斌。

这是一个不学无术、生活混乱的家伙。他没有任何忏悔，白天无所事事，晚上不是去酒吧鬼混，就是带着不同的女人游荡在酒店里，是个不折不扣的纨绔子弟。一定是他和律师联手欺骗了所有人，掩盖了事情的真相。

那不是什么意外！他根本没有癫痫！是他害死了小兰和孩子，用特殊手段逃避了法律的严惩！这件事已盖棺论定，江斌现在是完完整整的清白之身，再也没有什么法律可以惩罚他。他几乎没有付出代价就完成了脱罪，但小兰和孩子却永远走了，自己和岳父岳母不得不承受着不该承受的痛苦。

让一切在今夜结束吧。

宋诚握紧了挎包里的刀，冷冷地笑着。

电梯厅的小窗半开着，不时有雪花飘进。宋诚看着白色雪花飘落在地上融化，好像又听到了他们的声音：

"宋诚，你为什么要成为一个人民警察？"刚入警队不久的一个雪天，宋诚冲动之下打了一个主动挑衅的流氓，队长马小文站在雪地上指着他的脑袋说，"是你骨子里愿意保家卫国，保护百姓的热血，而不是你的冲动鲁莽，更不是你的戾气。"

"老公，你知道我最爱你什么吗？"新娘小兰身披洁白的婚纱，在嘈杂的结婚现场等待着仪式的进行，她在新婚丈夫耳边轻声问。没等他回答，小兰便主动吻了宋诚的脸颊："你的一身正气。"

从前的画面不断浮现，他紧握的刀颤抖着。

他在挣扎。

前方就是深渊，他多么想一跃而下，结束自己痛苦的人生，但马队、妻子……那些在乎他的人都伸出了双手，死死拉着他。

冷风透过窗户吹进来，汗却从他额头渗出。

五楼楼道里的灯光忽暗忽明，发出滋滋的声响。杜明哲站在宋诚背后，看不到他的表情，不知道他的目标是哪一户。他永远也不会忘记，那个可怕的人走入院子后，院子里便传来了爸爸妈妈的尖叫声，很快又恢复了宁静。他记得，那个人走出屋子时，浑身是血，在自己面前站了好久，犹豫了几次，终于放下了手中的刀。鹅毛大雪飘落在那把刀上，刀上的鲜血冒着热气，一滴滴渗入白色的积雪中。那人离开之后，十二岁的杜明哲已经预感到发生了什么，冲进院子，便看到倒在血泊中的父母。

让一切结束吧。刚迈出左脚，宋诚就感到有一只手搭在自己的肩膀上，回头看到一个挺拔的少年。宋诚记得他是一个孤儿，名叫杜明哲。

宋诚直直地盯着杜明哲，好像在问，你要干吗？他抖动肩膀，试图脱离少年的掌控，却动弹不得。两个人四目相对，都想透过眼眸看到对方的意图。

"宋主任，我在找你。"杜明哲松开了手。

"什么事？"宋诚的右手从包里抽了出来。

"如果我找不到工作，社区会帮我吗？"杜明哲随口找了个理由。

宋诚大口喘息着，过了一会儿才说："可以。"

"那以后去找你。"

"来吧。"

"谢谢你,宋主任。"

宋诚摇摇头,转身走向电梯。杜明哲急忙上前,帮他按好了电梯的下行键。

电梯门打开后,宋诚神色不明地走了进去。就在电梯门要合上时,杜明哲看到宋诚扶住了门边,好像要阻拦电梯门关闭,不由心又提了上来。还好只是犹豫了片刻,宋诚的手便放下了。

电梯门终于严丝合缝地关上了。

停靠楼层的数字在一个个变化,直到确定电梯不间断地停靠在一楼后,杜明哲才松了口气。他站在窗边,看着宋诚在雪中远去的背影,不知道自己为什么要这么做,明明不相关的场景,却仿佛看到了十二岁那年的自己,那个无依无靠,什么都做不了的自己。

雪花飘在了他脸上,他伸出舌头,尝了一片,没有任何的味道。

宋诚走到拐角处,抬头看着江斌的房间,灯还亮着。他就这样呆呆地站着,不知道在想些什么,头上、眉梢都积了一层薄薄的雪。良久,终于长叹一声,转身离去。

雪越下越大了。

第四章

全城的人都以为这会是场大雪,谁知,雪悄然停止在午夜。

清晨醒来的人们迫不及待地跑到窗边,拉开窗帘,期待看到满城的白色,但映入眼帘的却是如常的周遭。

不少人为此遗憾,毕竟江城不是每年都会下雪。

宋诚站在窗边,直到打了个喷嚏,才回过神来,从沙发上拿起一件宽大的羽绒服,披在身上,又取出一张纸巾,擦去鼻涕。

他彻夜未眠。

走进厨房,宋诚迅速被冰冷的空气包围,他晃了晃热水壶,空的,便烧了壶水。

如果不是那个叫杜明哲的孩子,自己已经成为一个杀人犯。这将给父母、岳父岳母带去不可弥补的伤痛,郑新、珊珊、张琼、李龙光他们想必也会扼腕痛惜。

自己是解气了,但这些在乎自己的人该怎么办?

水壶的"吱吱"声打断了他的思绪,腾腾热气弥漫在厨房的上空。拔掉插座后,宋诚倒了半杯热水,有些烫,便把杯子放在水龙头下,冰冷的自来水瞬间将热气浇灭。

喉结滚动,他大口大口地喝着水。

他曾面对过很多犯罪,从旁人角度,很多案件的当事人之间并没有深仇大恨,悲剧本可避免,但因双方拒绝或者缺乏沟通,才酿成了惨案。事后绝大多数人是后悔的,但冲动已经无可挽回地毁掉了一切。马小文曾感叹说,犯罪者都是懦弱的人,不相信自己可以真正解决问题,只想用暴怒和不顾一切来掩饰他们的无能和懦弱。

昨夜的宋诚就是这样,恐怖得连自己都害怕。

小兰,我怎么变成了这样?

宋诚放下玻璃杯,走进卧室,从床底拿出一个旧旧的铁盒。这是妻子的遗物,里面有她的各种证件照、毕业证、英语四六级证书、荣誉证书,还有已经泛黄的求职简历……

他一张张翻阅着,希冀时光能够倒流,让他回到那些年:那时她刚刚拍好证件照,那时她从网上查到了英语四级的考试成绩,那时她在学校门口简陋的打印店里刚刚打好求职简历……

那个时候的他又在哪里呢?

宋诚比小兰大一岁,准确地说,是十一个月零十三天。

小兰曾说自己的证件照是高考前拍的,拍照那天刚好洪水退去。宋诚那时是省警察学校的大一学生,跟着师哥师姐来江城做抗洪志愿者,他们驻扎的地方距离小兰就读的正阳高中只有短短三百米。

小兰是大二那年的十二月参加英语四级考试的,成绩公布的时间是次年的二月份。宋诚那时已经是大三学生,春节假期参加了初中同学的聚会,看到好几个初中毕业就进入社会的同学都混得很好,他们光鲜的穿戴和大方的出手让他对未来的警察生涯有了一丝犹豫。

小兰毕业那年,宋诚已经是江城的一名人民警察。他记得在如火的六月,第一次与歹徒正面搏斗,右手臂上被刺了一刀,至今还留着伤疤。

多想那个时候就认识她,站在她身边,告诉她:"你好,小兰,我叫宋诚,是你未来的丈夫。"

....

物是人非,是这个世界最为残忍的事。

他的眼泪滴落在铁盒子里的一张快递单上。

快递单毫无出奇之处,上面没有寄件人的确切信息,但字迹是小兰的,收件地址是西部某个山区学校,物品栏里一片空白。

这只是一张再寻常不过的快递单,为什么会被妻子放在这里?

辞职信、存折、快递单,宋诚在房间里走来走去,开始自责。为什么快一年后才发现这些?妻子的身上到底发生了什么?是他的疏忽吗,竟没有察觉到这些?

出门时,他将快递单放在了门口的边柜上,这是妻子曾经的习惯。

甄艳是在去开会的途中接到宋诚电话的，当时她红色的高跟鞋在大理石地面上发出的敲击声充斥了整条走廊。

望着手机显示的来电号码，她迟疑了一会儿。

"宋诚。"

"是我，甄姐。"

"你还好吗？"

"我很好。"宋诚低声说，"甄姐，小兰以前说过要辞职吗？"

"辞职？没有。"其他事情还需要再想一想，但辞职这件事，她可以百分之百确定没有。

甄艳是小兰的学姐，两人相识于大学的文学社，因为深爱英国作家毛姆而一见如故。小兰毕业后到报社工作，甄艳恰好是她的直属领导，两人情同姐妹。小兰出事前一年，甄艳为了爱情放弃了江城的事业，入职了一家位于北京的国营出版社。

"我发现了一封辞职信，是她写的。"

"这不可能。"

"我知道了，甄姐。"

挂了电话，甄艳叹了口气，望向窗外。那棵三层楼高的大树上已没有了一片叶子，孤零零的枝条在寒风中轻轻摇摆。

又是冬天了。

她记得多年前的冬天，小兰曾趴在大学宿舍的窗台上感叹："做一棵树真好啊！有一年四季的轮回，即便叶子掉光了，也不用伤感，来年春天又可以重新开始。人却没有这样的机会，每个人都只有一季，过去了就是过去了。"

甄艳冲动地拿起手机,按下宋诚的电话。

"甄姐,你是不是想起了什么?"宋诚的声音里带着些许期待。

"哦,不是,宋诚,我、我没事,就是想起小兰了。"甄艳慌忙挂了电话,她害怕会把那件事说出来。

宋诚还想再问些什么,耳边却传来"嘟嘟嘟"的忙音。

杜明哲试图睁开眼,却觉得天旋地转,喉咙处还有恶心感。半梦半醒之中,他好像听到了尖锐的警鸣。

再次醒来时,谢天谢地,好多了。他慢慢起身,坐在床上,拿起床头柜上的日历本,这是上家租户留下来的。四天前,他在上面打了一个勾,代表那女人四天前又出现了。和上次一样,通过模糊的背影,他只能确定是一个女人。403室望远镜也没撤掉,因为隐藏太好,杜明哲不能确定背后是否有人,因此他要时刻提防自己不被发现。这种感觉实在不好受。

他最近总会想起那个雇佣自己的人,甚至怀疑那天见到的并不是真正的老板。这工作太奇怪了,只是说了下要监视对面的503室,却没说什么内容,也没说期限,甚至一次都没联系过他。他最开始以为是丈夫怀疑妻子出轨,委托他来盯梢。随着时间的推移,杜明哲觉得这个可能性越来越小,因为那个房间太过神秘,不,不是神秘,是诡异。而403室同样诡异,永远窗帘紧闭,只是偶尔会露出一个镜筒。

拉开床边的抽屉,里面还有一些钱,但不多了,他叹口气关上抽屉,看到墙上的挂钟显示十一点了。

门铃响了。杜明哲拖着无力的身体开了门,没想到外面竟站着三个警察。

"你是杜明哲?"说话的是个三十多岁的警察,微胖,眼眸里闪着光。

杜明哲镇定地点了点头,心里开始慌张,难道偷窥被发现了?是楼下那小子报警了吗?

"我叫郑新,对面11号楼503室有人被杀了。"郑新盯着杜明哲,生怕错过任何一个细节,随后示意其他两个人绕过杜明哲,进房间侦查。

对面楼的女人竟然死了,连长什么样都不知道就死了,怎么回事?杜明哲心里满是疑惑。

郑新来到窗边,凑到望远镜前,嘴里含糊不清地说:"小时候我就想有这么个大家伙。"

杜明哲没说话,他知道对方的目的。

果不其然,郑新回过头,随意问:"你去过对面楼的503室?"

"去过。"

杜明哲的坦率出乎郑新的意料。

"我去过,但不认识她,更不是凶手。"

真是一个麻烦的人,没有任何躲避,没有害怕,就这么直截了当地回答,即便从警多年的郑新也看不出什么问题。他又看了一眼窗外,回过头说:"杜先生,麻烦你跟我们走一趟。"

"为什么?"

"你是本案嫌疑人,"郑新指了指望远镜,"你在偷窥503室。"

"我只是用来看星星。"杜明哲毫不迟疑地说。

"那你说说,你观测过什么星座?"郑新深信细节能让人露出破绽。

杜明哲坦诚地回应说:"就随便看看,对星座没啥研究。"

郑新沉默片刻,他没想到眼前的少年如此老练。就在此时,只听"吱嘎"一声,又一个人进了房间,是宋诚。其中一个警察正准备上前拦住宋诚,却见队长郑新已和来人打了声招呼,看来两个人早就认识了。

原来,宋诚一听说小区发生了凶杀案,便急匆匆赶去了503室,又听说郑新来找杜明哲,便折了回来:"有线索了?"

郑新指了指杜明哲:"带回局里问下情况。"

宋诚瞥了一眼杜明哲,对郑新说:"我一起去。"

郑新眼中闪过一丝惊讶,但马上说:"好。"

宋诚冲杜明哲微微点头后,几个人一起下了楼。三辆警车停在9号楼与11号楼之间的空地上,那里已经聚集了不少围观群众。

宋诚上了郑新的车,两个警察带着杜明哲坐进了另一辆。驶离时,杜明哲看向人群,突然涌现出一个念头:或许那个凶手此刻就在人群之中,正看着自己。这念头让他感到绝望。

途中,郑新向宋诚说了警方目前所掌握的情况。

死者叫陈大富,男,四十五岁,江城本地人,经营一家足浴场,三个月前以个人名义租了海晨小区11号楼503室。今天物业接到居民投诉,一辆黑色大众牌小轿车违停在消防通道,根据之前登记的车牌号,确认车主为陈大富,但拨打他的电话始终无人接听。上门也没人回应,却能听到持续的手机铃声从屋内传来。多次敲门无果后,物业工作人员立刻选择报警。

警方联系陈大富家人,发现他已离异十多年,独自抚养儿子陈子文,但父子间感情淡漠,儿子说已经有段时间没见过父亲了。足浴店员工也说陈大富好几天没来店里,因为之前有类似情况,并未在意。警方破门而入后,在冷柜里发现了他的尸体。由于海晨小区没有安装摄像头,调查一度陷入僵局。得知杜明哲曾询问过503室租客信息后,找到突破口的警方第一时间对杜明哲进行了调查。在其房内发现的对准503室的高倍望远镜,让郑新认定,杜明哲有重大作案嫌疑。

"最近怎么样?"等红灯时,郑新单手握着方向盘,从兜里掏出一支烟,递给副驾驶位上的宋诚。

"就那样吧。"宋诚接过烟,只是放在口袋里,"珊珊怀孕没?"

"有几个月了。"郑新说完,偷偷看了宋诚一眼,发现宋诚也正看着他。

审讯从一开始就遇到了困难。

无论郑新怎么问,杜明哲始终坚持之前的说法,否认自己在监视503室。眼前少年那张波澜不惊的脸,让郑新产生了深深的挫败感。他虽说不上是个神探,但也算见识过各路人马,可杜明哲这样的,他还是第一次碰到。半小时后,郑新出了审讯室,看到走廊里倚靠在墙壁上的宋诚,走上前冲他摇了摇头。

宋诚没有说话,透过玻璃,看到少年正平静地坐在明亮的白炽灯下。

这个结果,宋诚早就预料到了。

在郑新离开审讯室,门"哐当"被关上的那一刻,杜明哲想,这辈子要完了吗?他看似面色平静,内心的恐惧早已波涛汹涌,只是他极力控制着。

他想到了父亲,这个曾是村里唯一读完小学的人。当年父亲为了去县城读初中,敲遍了村里每户人家的大门,想要借点学费和粮食。那些原本称赞他是读书人的村民愁眉苦脸地说,他们也拿不出钱,并且劝他,山里人生在山里,一辈子都会在山里,别瞎折腾。最终,父亲没读成初中。他曾抱着年幼的杜明哲无数次站在村口,指着那条通往外面的窄小山路,说:"哲哲,你以后一定要走出去呀,去看看外面的世界,然后回来告诉爸爸。"

这场雇佣从一开始就是个阴谋吧。那天在劳务市场接过钱的时候,便注定了现在的结局。而自己还傻乎乎地以为这是份多么难得的工作。就算现在把所有知道的事情告诉警方,他们怕是也不会相信。

杜明哲摇了摇头,觉得这辈子真的要完了。

审讯室的门又开了。他抬头看到宋诚一个人走了进来,随手反锁了门。

"我以前是个警察。"宋诚关掉了摄像机,"现在以个人身份来跟你谈谈,我还想给你介绍工作。"他拉过一把椅子,坐在杜明哲的对面,"下雪那个晚上,我们说好的。"

见少年慢慢抬起头,宋诚继续说:"保护自己最好的方法就是把所有的事情都说出来。你才十八岁，人生刚刚开始。"

人生刚刚开始！杜明哲嘴角一动，身体向前倾，盯着宋诚说："我可以信任你吗？"

"就像那天晚上一样。"宋诚确信眼前的少年能明白他的意思。

"你会相信我吗？"

"相信！"

杜明哲重新靠回椅背，说："我没杀那个女人。"

"什么女人？"宋诚愣了一下，才明白过来，"你以为死的是一个女人？"

"不是吗？"

宋诚摇了摇头，拿出陈大富的照片："死者叫陈大富，有听过这个名字，或者见过这个人吗？"

杜明哲看了一眼照片，摇摇头，沉默片刻后说："宋主任，我会把知道的都说出来。"

几分钟后，审讯重新开始。宋诚站在外面，留意察看里面的动静。

"我是受人雇佣来监视503室的。"面对郑新，杜明哲坦白说。

旁边正在记录的警察听到这句话，诧异地抬头看了看他。

"那天我在劳务市场等活，有一个男人看了我的身份证，问了几个问题后，给了我一些钱和一部手机，让我去海晨小区租一间可以监视11号楼503室的房子，但没有说想监视谁。"

"那人长什么样子？"

"二十多岁,戴了鸭舌帽和墨镜,应该是故意的。"

"身高?"

"比我低几厘米,大概一米七五左右。"

郑新又问道:"你为什么认为死者是一个女人?"

"503 室是个空房子,连窗帘都没拉开过,但我见过三次背影。"

"什么样的背影?"

"一个长头发的女人。"

"三次是同一个人?"

"同一个。"

"确定?"

"确定。"

"你还记得她是哪一天出现的吗?"

"我在日历本上做了记号,最近一次是四天前。"说完,杜明哲看向郑新,见他也正盯着自己。

此时,一个女法医快步走到审讯室门口,见宋诚站在窗边,愣了下,朝他点了点头后敲门示意。

郑新打开门,接过一张验尸单,听她说道:"郑队,凶手把死者放在冷柜里,有两个目的,一个是延缓尸体被发现的时间,另一个是想扰乱我们对案发时间的判断,我相信案发已经超过九十六个小时,也就是四天前。"

听了女法医的话,郑新立刻回到审讯室,他没有坐下,而是直接问道:"四天前,你在干什么?"

杜明哲想了想："那几天都在家里，没出过门。"

"谁能证明？"

"没有。"

"你想想，这期间有没有人来找过你，比如外卖员、快递员之类的。"郑新说得很认真。

杜明哲没有任何的迟疑，只是摇了摇头。

"看样子，你要留在警局了。"郑新刚说完，就听杜明哲开口说道："还有个奇怪的事情。"

郑新冲他点点头，鼓励他继续说下去。

"503室下面的403室也没人居住，但窗口也有一个高倍望远镜，可能在监视9号楼。"

"什么？"郑新惊呼道，他迅速掏出手机，给还在海晨小区侦察的同事打去电话，"你们快下到11号楼403室看看，马上！"

安排好一切，郑新来到宋诚身边，说："杜明哲还没有排除嫌疑，具体要等鉴证科提取完503室的指纹信息后再做判断。他说楼下的403室没人居住，但也有一个高倍望远镜。"

宋诚皱起了眉头："会有关联吗？"

"不好说。"郑新摇摇头，"但我直觉这小子不是凶手。"说完，他又看了一眼坐在里面的杜明哲。

宋诚认可他的判断："凶手杀人后，不会一直蹲守在同一个地方。"

"宋队。"一个熟悉的声音回响在走廊中。

宋诚抬起头，看到郑新的妻子李珊珊正站在几米远处朝他微笑。她挺着微微隆起的肚子，像没事人一般，快步走到宋诚身边。和郑新结婚后，按照规定，夫妻二人应该有一人调离现在的岗位，但由于案件过多，一线刑警忙不过来，两人目前还在一起工作。

"你不是去培训了吗？"

"郑新说你回来了，我就请了假。"

看着李珊珊脸上的笑容，宋诚一瞬间仿佛回到了她刚来警队报到的那年。那时他正要出警去抓抢劫犯，突然被一个梳着马尾辫的姑娘拦住了，说警校刚毕业，来找他报到。宋诚没空搭理她，谁知她竟抢先上了车，非要一起出警。

三个人在这熟悉的地方沉默着，想说些什么，却不知如何开口。或许人就是这样，不在身边的时候会经常彼此想念，真正相见时又不知从何谈起。

终于，一阵急匆匆的脚步声打破了沉默，一个稚嫩面孔的男孩跑过来，冲郑新喊："郑队，有人来自首了！"

"自首？"郑新面露疑惑，"海晨小区503室的凶杀案？"

"是的，"男孩又慌忙否认，"不、不，不是。"

"小陈，不要急，慢慢说。"李珊珊安抚道。

"不是自首，是有证人了，他说有杜明哲的物证。"

宋诚想起杜明哲那天来办理居住证时的情景。他没有亲人，也没有朋友，这么敏感的时候，会是谁呢？

第五章

　　江斌一个人坐在江城公安局的询问室中，这不是他第一次来了。一年前，他曾以犯罪嫌疑人的身份在公安局接受审讯。

　　这不是一年前的审讯室，他不断提醒着自己，可头上那盏灯晃得他头晕目眩。江斌环顾四周，眼前的景象却渐渐和回忆重合，让他再次想起一年前那个狭小、封闭，又令人窒息的审讯室。

　　不安、害怕、恐惧轮番袭来……他开始后悔来到这里。

　　就在江斌控制不住，想要逃离的时候，门开了，一男一女两个警察走了进来，这让他暗暗舒了一口气。男警察一脸稚气，女警察则干练老到，显然将主导本次询问。

　　宋诚站在询问室门口，完全没想到证人竟会是江斌。

　　李珊珊朝江斌微微点头后坐下："谢谢你，江先生，你可以把物证交给警方了。"说完，她突然意识到眼前人的身份，心里咯噔一下。

"我还以为只有电视剧里才能见到这么美的女警察。"江斌轻浮地说。

面对这样的"称赞",李珊珊冷静下来,以淡淡的微笑回应。

江斌手指轻轻敲打着桌面:"你们是不是怀疑杜明哲就是杀人凶手?"

"无可奉告。"

"这样呀,那看来我没有必要交出物证了。"江斌双手拍了拍裤子,一副要走的模样。

"江先生,为警方提供证据,是每一个公民应尽的义务。"

"哦?"他故意拖起长音,"那不是我的义务,我已经移民了。"

站在询问室外的宋诚不由握紧了拳头,如果凶杀案不是发生在华光社区,他绝对不想听江斌多说一个字。

李珊珊没有生气,语气平和地说:"江先生,我相信你是愿意配合警方的,否则也不会主动过来。"

"我不过是随便说说,我要是那种分不清场合的人,就不会来这里了。"他从裤兜里掏出一个U盘,放到桌子上,"我也住在海晨小区,就在杜明哲楼下,这是他们楼道上的摄像头拍到的。"

李珊珊拿起U盘看了看,示意小陈在电脑上播放,说:"据我所知,海晨小区没有安装过摄像头。"

"是呀,海晨小区的档次算可以了,居然没装摄像头,太掉价了。"江斌愤愤不平地说,"前段时间,社区里有个胖子,不知道叫李龙光还是李光龙,他问我咱小区要不要装摄像头,我就想着,要不先自己装一个试试看,否则怎么知道该不该装?这好歹也算为社区做了点贡献。"

负责记录的小陈没忍住,"扑哧"一声笑了。李珊珊看了小陈一眼,继续问道:"那你为什么没有装在自己的楼层?"

江斌站了起来,看到李珊珊盯着他,又赶忙坐下:"我本来是要装在五楼的,但那天喝了点酒装错了,之后懒得再爬上爬下,索性便宜他们了。"

江斌就是有这种胡诌的能力,还说得理直气壮,仿佛事情本该如此。宋诚闭上眼睛,对他的厌恶真是和时间成正比,越看越讨厌。

李珊珊微微一笑:"好了,我知道你想象力丰富,现在说点有用的吧。"

江斌装出一副被人看穿想法而不好意思的模样:"我就说嘛,长得漂亮的人肯定也很厉害。"他往前凑了凑,故意压低声音说,"其实嘛,是我和楼上那小子有过节,怕他来找麻烦,就装了这个。"

"愿闻其详。"李珊珊不动声色地说。

"他家卫生间的水漏到了我家,还闹到了社区,到现在都没赔钱呢。"

"江先生,非常感谢你为警方提供物证……"

江斌却摆摆手,打断了李珊珊的话:"你刚才已经感谢过我了,不客气。"

谁知,一直温柔的李珊珊突然变得严肃:"不过,希望你能客观一点,不要总是说些莫名其妙的事情。人家漏水到你家,你就要去装个摄像头,难不成是觉得他会为了点小事对你怎么样?"

江斌一副恍然醒悟的样子，连连点头道："对、对，就是这样，上次听说有劫匪为了两块钱而杀人。"

李珊珊一脸无奈，旁边的小陈偷偷询问要不要记下来，李珊珊盯着江斌说："记下来，都记下来，一字不漏。"

"我还没说完呢。漏水后我上楼找过他，结果发现他家有高倍望远镜。至于他是不是你们要找的人……"江斌没把话说完，只是双手摊了摊。

李珊珊追问了几句，见再问不出什么，便示意江斌可以离开了。

走出询问室，江斌看到宋诚，显得很意外："啊？领导你也在啊？"

宋诚没有回答，转了个身背对着他。江斌自讨没趣，嘟囔几句就走了。

李珊珊和郑新相继来到宋诚身旁，三个人互相看了看，最后还是李珊珊打破了沉默："没想到会在这里见到他。"

"我之前在社区就见过他了。"宋诚说。

两个人一脸吃惊，可还没等他们问什么，就听不远处小陈喊道："郑队、珊珊姐，你们来看下！"待三人走近后，他指着电脑屏幕说："案发两三天里，杜明哲都没有出过门，一直待在家里。"

郑新看了看视频右下角的日期："鉴别下日期的真实性。"

"跟视频里的住户核对他们的衣着就可以确认时间，再让技术科检查下视频有没有改动。"李珊珊见屏幕中出现了一个老人和一个怀抱婴儿的年轻女人，心里有了计较。不知为何，那老人

冬日暖阳 071

突然指着女人骂了几句,女人却没有还嘴,只是乖顺地开门进屋。

"按理说,杜明哲一直生活在山村,年纪也不大,不该有这种冷静啊。"郑新对视频中发生的一幕并没有在意,还在想着杜明哲的事情。

"那个江斌说话也颠三倒四的,跟以前像换了个人一样。"李珊珊说,"这个案子处处透着点儿奇怪。"

三个人看完视频,便决定回案发地看看。就在往停车场方向走时,郑新突然停住了脚步,大声喊道:"等下!"他直直盯着手上的资料,吃惊地说,"杜明哲的父母死于一场恶性凶杀案。"

宋诚和李珊珊面面相觑。

"六年前,杜明哲父母借了凶手准备结婚的两千块钱,一直没有还,导致凶手错过了相好的姑娘。凶手出于报复心理,持刀砍死了杜明哲的父母,当时杜明哲只有十二岁,就站在院子外。凶手还和杜明哲面对面站了十多分钟,最后跑到几十米外的山路上自杀了。"

任何时候,一起凶杀案的受害人变成另一场凶杀案的嫌疑人,都不会是件简单的事。

"看看陈大富和当年的凶手有没有什么关系。"宋诚拉开副驾驶位的车门,对站在车旁的李珊珊说道,"不过,我还是觉得凶手另有其人。"

第二天下午,宋诚接到了郑新的电话。

郑新说,死者陈大富和当年的凶杀案没有任何关联。江斌所持视频的真实性也得到证实，案发前后杜明哲没有离开过房间。杜明哲手机号码的登记人是一个居住在西藏的八旬老人，西藏警方确认该老人的身份证被冒用。移动公司提供的通讯记录显示，该手机号除接过几个房产广告外，再无通话记录。同时，503室中没有找到杜明哲的指纹，其居住的房间中同样没有发现异常。

综合以上信息，警方基本排除了杜明哲的嫌疑，将他列为证人。

宋诚听完，想了想说道："你让他待在警局，我来接他。"

郑新愣了一下，忙说："我让人送他过来吧。"

"不用了，你忙你的。"

四十分钟后，宋诚驾车驶入江城市公安局的大门。在后退式停车时，一辆绿色的摩托车从他车后呼啸而过，好在宋诚及时刹住了车。

只见摩托车上下来一个少年，他摘掉头盔，露出一头绿色的头发，还恶狠狠地瞪了宋诚一眼，大摇大摆地进了公安局。

停好车，宋诚刚走进办事大厅，就看到那绿发少年在和李珊珊争吵。他担心怀着孕的珊珊，便快步走到他们身边，好在李珊珊老到的模样打消了他的顾虑。几分钟后，少年愤愤不平地走了，离开前又瞪了他一眼。

"以后这种事还是让其他人来吧。"宋诚说。

"最近案子太多了，一直缺人。"

"这绿毛小子是谁？"

"陈大富的儿子，叫……"李珊珊看了一眼手上的资料，"陈子文。这孩子太气人了，都不在意他爸是怎么死的，凶手有没有被抓到，只在意老爸卡里的钱什么时候能拿出来，怎么拿。"她担忧地摸了摸肚子。

宋诚从她手里接过资料，默默念道："陈子文。"

没错，就是妻儿用生命救下的其中一个孩子。陈子文，现在应该是高一的学生了。怎么会这样？他不是应该好好学习，立志成为一个对社会有用的人吗？否则如何对得起为他付出生命的小兰？

可现在的他究竟在干些什么？不学无术，无可救药……

另一个叫王皓源的孩子，现在又怎么样了呢？

想到这些，宋诚不自觉地咬住了嘴唇。

北京，一个大剧院内座无虚席，掌声雷动，年度钢琴大奖赛刚刚落下帷幕。

王皓源领完奖走到后台，就被指导老师紧紧地抱住。他感到有眼泪滴在肩膀，犹豫着要不要也同样抱住老师，可手在空中挣扎几下后还是放下了。

许久，老师才放开他。

一起来参赛但没有获奖的胖子把他拉到门外，拍了拍他的肩膀："兄弟，咋没精打采的，你可是获得了金奖，唯一的一个，怎么一点都不开心？"

"金奖又怎么样？"王皓源注视着后台的人们。

"什么，兄弟，你搞笑吧？"叫俞光的胖子满是惊讶，"有了金奖，国内几个音乐院校随你选，你还要代表中国参加世界级比赛呢。"

"我喜欢音乐，但这金奖是基于比赛的，你看看大家。"顺着王皓源所视的方向，俞光看到一个个同龄人正沉浸在各自的情绪中，或欢笑，或惆怅，或低头痛哭……

"大家都想拿金奖，他们只有在拿到金奖的时候才会快乐。"王皓源微微低下头，"并没有真的享受音乐。"

俞光愣了愣，王皓源却已经走远了。

"小光，我弹琴并不是为了得奖。"

杜明哲站在窗前，望向对面的楼层，想到一句话：天上是不会掉馅饼的。

那是爸爸说的。爸爸说这句话的时候，他才十岁。当时他躺在木床的最里面，假装睡着了。爸爸坐在他身边，妈妈则坐在床边。

爸爸轻轻抚摸着他的头，对妈妈说："天上是不会掉馅饼的。"

记得妈妈当时回了一句："你这种男人有什么用！"

她总想着一夜暴富，听信别人的话，拿着家里本就不多的积蓄到县城去赌钱，只用了一个晚上就输得精光。爸爸没有责怪妈妈，只是说了这么一句。妈妈非但不领情，反而破口大骂爸爸的无能，没有让她过上好日子。

爸爸没再说什么，仅仅用手捂住儿子的耳朵，怕吵醒他——其实他早就醒了。

妈妈没有死心，在别人怂恿下，甚至不惜用欺骗的方式，借钱去赌。输钱让她心有不甘,越不甘心越难以克制自己,她始终抱有一丝幻想,总觉得下一次就能起死回生。她知道十赌九输,却偏执地认为自己就是那个与众不同的例外。

最终,妈妈输得一塌糊涂。家里来了很多催债的人,能拿的都被他们搬光了。妈妈还想再去借钱,去赌场实现过上好日子的愿望。

有一个同村小伙子在妈妈的花言巧语下把彩礼钱借给了她,因为妈妈还不了钱,他心爱的姑娘被家里人许配给了别人。姑娘结婚的第二天,山村下了场大雪,村里老人都说,那是场几十年都没见过的大雪。小伙子失去理智,提着刀走进了杜明哲家。事后,他跑到几十米外,在心爱的姑娘出嫁的那条山路上自杀了。

村里都认为罪魁祸首是杜明哲的妈妈,小伙子反而值得同情,他甚至"善良"地为杜家留下了根。

…………

杜明哲随手摆弄着望远镜,自言自语:"爸爸说得对,天上是不会掉馅饼的。"话音刚落,便听到门铃响了起来。

"小区在招保安。"宋诚站在门外,见杜明哲一脸疑惑,"你不是让我给你介绍工作吗?"

杜明哲点点头。

"确定?"

"确定。"以他的条件,几乎不会有更好的工作,先做保安是个稳妥的决定。

宋诚从口袋里掏出一个手机,递给杜明哲,但他没有接。

"拿着，案子还没破，凶手可能会找你麻烦，你马上去办张卡。"宋诚不容置疑地说，"里面有我的号码，有了新号码立刻告诉我。"说完，他拍了拍杜明哲的肩膀，走了。

第六章

生活永远不会一棍子把你打死。

不是吗?

在你不停担忧未来时,生活可能没有高看你一眼,而给了你更多的磨难,但困难也并非如影随形。

503室凶杀案后的第二十天,虽然案件还在调查中,但海晨小区已经逐渐恢复了以往的平静。杜明哲也开始了他在海晨小区的保安工作。张琼开玩笑说,自从他成了保安,冷清的岗亭变得热闹起来,总有害羞的小姑娘偷看他,可他永远是一张扑克脸。宋诚则想到了另外一个问题,杜明哲房子的租约只剩最后一个月了。虽说他现在有工作,但保安微薄的收入并不足以应付在这个小区的房租。他潜意识里总是想照顾好这个孩子,但随后又觉得这真是一个莫名其妙的想法。

走出办事大厅的宋诚自言自语道:可能是觉得这个孩子可

怜吧!

回到社区时,他却听到张琼对李龙光说:"你有没有发现宋主任最近经常自言自语?"

李龙光点点头:"有呀!已经看到好几次了。"他眯起了小眼睛,又说,"不是说人老了才会这样吗,宋主任也不老啊!"

就在他想继续说下去的时候,却听到张琼突然冲他后面叫了一声:"宋主任,你回来了?"李龙光这才闭了嘴。

自言自语?

宋诚关上办公室的门,皱起了眉头,自己会自言自语?

怎么可能!他透过玻璃看到张琼和李龙光还在交谈,仿佛在继续刚才的话题,宋诚无奈地摇了摇头。就在这时,手机铃声突然响了起来,宋诚低头一看,屏幕显示出"丈母娘"三个字。

"宋诚。"

他嘴角不自觉地抽动了一下:"妈。"

"你那天问我,小兰有没有提过辞职和存折的事,我想了一圈也没印象,但想起另外一件事。"

"另外一件事?"宋诚的心被揪了起来。

"大概是出事前一个月吧,我去中医院看朋友的时候,在大厅里见到小兰在排队挂号,我过去叫她,结果她看起来很紧张,说是来做孕检的。"电话那头,小兰妈妈停顿了下,"可后来,我想到,咱家小兰不是一直都在妇幼医院做检查吗?"

"中医院?"

"宋诚,妈谢谢你,我们家小兰没找错人。你既然叫我声妈,那妈也要劝劝你,有合适的姑娘,不要委屈自己,小兰已经走了,你以后的路还长着呢。"

两个人没有互相告别,在沉默中挂了电话。

中医院?

宋诚拿起桌上的车钥匙,快步向大门走去,差点撞上来办理业务的小区居民。

一辆银色的速腾车行驶在宽敞的马路上。宋诚握着方向盘,心中的疑问却越来越多。中医院离海晨小区很近,但距离婚房和小兰工作的报社都很远,他从未听小兰说起过这个医院。还有那封不知写于何时的辞职信,那本从两人确定恋爱关系时起存的存折;那张被放入铁盒子里,和各种重要的东西存放在一起的普通快递单……

为什么他对妻子了解得这么少?越是细想,他便越是陷入深深的自责。

十分钟后,宋诚来到了江城市中医院。下午三点钟,大厅挂号处已排了好几条长长的队伍。粉色导医台上"青年党员服务岗"的标牌后站着一个长发女医生,正低着头整理资料。

宋诚敲了敲导医台的桌面,问道:"你好,我想查询我妻子在这里的就医情况。"

女医生抬起头,看着宋诚说:"她本人没有来?"

"没有。"

女医生低下头继续整理资料:"抱歉,这属于病患的隐私,需要本人才能查询。"

宋诚掏出工作证，放在她面前："我叫宋诚，是华光社区的工作人员。"

女医生接过证件，看得很仔细，抬头问："华光社区，在海晨小区那里？"

"对。"

"我叫张紫晴，中医院心理科。"女医生指了指胸口的铭牌，"冒昧地问一句，您为什么要查询她的就医情况？"

"她一年前去世了，最近我在遗物里发现了一些不寻常的东西，还听说她来过中医院，所以过来问问。"

"对不起。"见宋诚摇摇头，张紫晴又说，"您说的不寻常的东西是指？"她认真得好像在跟患者沟通。

"一封辞职信，一本存折，一张快递单。"

"她是生病过世的吗？"

"不，一起交通意外。"

"您认为那些东西和她来中医院有关系是吗？"

宋诚点了点头，又摇了摇头："不是的。"

"那是？"

"只是想多了解她一些。"

"哪怕她已经去世一年多了，您还是放不下她。"张紫晴意识到自己说错了话，再次道歉，"对不起，我不是那个意思。"

"我只是想多了解一点有关她的事情。"宋诚重复了一句。

张紫晴自感失态，便在笔记本上记下了小兰的资料："我会向医院申请，希望能帮到您。"

"谢谢。"说完,宋诚转身离去,没走几步,就听到张紫晴在背后叫他:"宋主任,您等一下。"

"嗯?"宋诚回过头。

张紫晴已走到了他的身边:"可以到办公室聊聊吗?"

"现在?"宋诚疑惑地看了看四周。

"对,就现在。"

医院里的人大多面带惆怅,行色匆匆,三步并作两步,与时间赛跑着。宋诚跟随张紫晴到了位于医院东北角的一栋红砖白瓦的小楼前,只见上面写着"心理门诊"四个大字。一个穿浅蓝色制服的护士拿着资料走了出来,同张紫晴点头招呼。

张紫晴的办公室在小楼的东边。一进门,她就从桌子上拿起一个本子说:"我有个病人在海晨小区,需要社区帮我一起救她。"

"救她?"宋诚的视线落到了那个本子上。

"没错,我正打算联系你们呢。"

十天前,市中医院急救中心抢救了患心肌梗死的蔡阿姨。醒来后,她一直不说话。医院指派张紫晴对蔡阿姨进行心理干预,可她始终抗拒,第三天就匆匆忙忙离开了医院。

张紫晴很担心她的状况,便依着病历卡上的地址找到蔡阿姨家。谁知蔡阿姨只是隔着铁栅栏冷冷地说了一句:"张医生,你来我家卖药吗?"随后就关了门。

"这样下去,蔡阿姨怕是还会出事。"张紫晴指着蔡阿姨的资料说道。

"海晨小区 1 号楼 101 室,蔡佩佩。"宋诚轻声念着。

"我们现在去找她。"

宋诚没反应过来，下意识地回了一句："现在？"

"对。"说话间，张紫晴已经拿好了包，一副要出门的样子。

回海晨小区的路上，宋诚让张琼准备好蔡阿姨的资料。两人一走进办事大厅，张琼就把资料递了上来："蔡阿姨户籍不在咱们这里，只是居住在海晨小区。"说话间，三人已走进了宋诚的办公室。

张紫晴连忙问："还知道蔡阿姨的其他情况吗？"

"有一个儿子在北京工作。"张琼皱着眉，努力回想着，"还有，她平时不和别人打交道的，但很与时俱进，家里网络选的都是最贵最快的。"

闻言，张紫晴与宋诚互相看了一眼，随后分工协作。宋诚给蔡阿姨户籍所在地的社区打电话了解情况，张紫晴则负责查看张琼带来的资料。张琼见没自己什么事情了，便出去了。

资料只有两页，都是些普通的信息，张紫晴从头到尾看了几遍，察觉不出什么异常，抬头时恰好看到宋诚挂了电话，冲她摆摆手。张紫晴也摇了摇头。

他们都没有发现有价值的信息。

宋诚建议道："要不直接去看看？"

张紫晴犹豫片刻后同意了。

到了1号楼101室门口，宋诚刚伸出手想要敲门，就被张紫晴拦住了。她担心会跟早上一样吃闭门羹，四下打量一番后发现楼道墙体上嵌着一个银灰色的多媒体箱，上面用白色粉笔写着

"101"。箱体没有上锁，微微用力就能打开，张紫晴指着里面的一根白线问："这是网线吗？"

宋诚不知她有何用意，点了点头。谁知话音刚落，就看到张紫晴直接拔掉了网线。

"哎？你拔网线干什么？"宋诚一下子愣住了。

"要是不行，把电也给掐了。"说完，她就做了个"嘘"的手势，原来是蔡阿姨家传出了响动，好像有东西掉在了地上。她示意宋诚上前敲门，自己则躲到了楼外。

宋诚一边敲门，一边喊道："蔡阿姨，你在家吗？"

过了一会儿，门开了，狭小的缝隙里露出一个女人的半张脸。宋诚对这张脸毫无印象。

她盯着宋诚，警觉地问："你是谁？"

宋诚掏出工作证，递到门缝前："我叫宋诚，社区的，你家是不是没网络了？"

"哦，是呀，网络突然没了。"门的缝隙大了点，将将可以看到蔡阿姨的整张脸，"怎么回事呀，我还在网上打麻将呢，牌友要等不及了。"

"我进去看看。"说着，宋诚就要推门进去。

门的缝隙却缩了回去，又只能看到蔡阿姨的半张脸了。她面露迟疑，往屋内看了一眼："哦，小宋，我、我在炖排骨，煤气还没关，等一下。"

"砰"的一声，门关上了。

宋诚转头望向张紫晴，只见她探出脑袋冲他眨了眨眼睛，像是在说：我说的没错吧，肯定有问题。

过了一会儿，门再次打开。

宋诚进屋换好了鞋，环视一周。这是三室两厅的房子，装修略显老气，光线黯淡，厨房看上去很整洁，不像刚做过菜。他不露声色地嗅了嗅，空气中也没有烧菜的香气，反而有一股似有似无的霉味。蔡阿姨站在一旁，双手不停揉搓，眼神也飘忽不定。

她在说谎。她为什么要说谎？

宋诚问道："蔡阿姨，电脑在哪里呀？"

"哦，这里。"蔡阿姨领他走进一间卧室，里面有一张床和一个摆着电脑的写字台。奇怪的是，这么冷的天，窗户竟全开着。宋诚一把拉开椅子，蹲下身，钻到写字台下假装检查桌底下的网线。却听背后的蔡阿姨说："哦，有时候麻将打得太晚，我就睡在这里了。"

又是一句谎话。

蔡阿姨是一个谨慎的人，完全没有必要跟一个陌生人说这些。

宋诚摆弄了会儿网线，觉得时间差不多了，站起身："修好了，电脑重启下就好。"

蔡阿姨没有挽留，径直把他送到门口。宋诚趁着穿鞋的空当，看到另两个房间的门关着。他两只脚刚迈出大门，回头想说句"再见"，却听到"哐当"一声，门已被重重关上，差点撞到他的鼻子。

看到他的狼狈样，张紫晴"扑哧"一笑，走到多媒体箱前，接好了网线。

冬天的太阳总是那么匆忙，匆匆而来，又匆匆而去。当宋诚和张紫晴走出1号楼楼道时,已是傍晚时分,刚刚放学的孩子在小道上奔跑嬉戏,买好菜的主妇提着袋子或快步行走,或遇到熟人聊上三言两语。

两人背朝着夕阳缓缓走着,地上留下了两条长长的影子。

宋诚把蔡阿姨家的所见一五一十说了出来。

张紫晴问道:"厨房里没有做饭的痕迹?"

宋诚点头确认。

"她不想让你看到什么东西,就找了个借口关门。"张紫晴向前走了几步,"她没必要强调自己有时候会在那个房间睡。"

宋诚放缓了脚步,看着张紫晴:"你也这么觉得?"

见张紫晴点点头,宋诚追问:"医院为什么觉得蔡阿姨有问题?"

张紫晴转过身,正准备开口时,却看到宋诚伸出手拍去她左肩上的落叶,一时语塞。夕阳的残晖穿过梧桐树光秃秃的树枝,照在宋诚脸上。她仔细看着眼前这个男人,想起即便已过一年,他仍想知道亡妻在人世间的点点滴滴,心中涌出一种复杂的情绪。为掩盖自己的紧张,张紫晴脱口说道:"你这样子真像一个警察。"说完,就快步向前走去。

宋诚一愣,跟了上去。张紫晴无意间看到他左手无名指上的戒指在夕阳的照耀下闪闪发光,到嘴边的话又咽了回去。

"医院为什么觉得蔡阿姨有问题?"两人走到小区中庭,宋诚再次提起这个问题。

"急救时,她本能地抗拒治疗。"张紫晴记得第一次走进蔡阿姨病房，看到她头发凌乱，嘴唇干燥得出了血，眼睛更是木然地盯着天花板，好像在说，这次救活了自己又如何，"我介入后，她时而沉默，时而欲言又止，表现得很纠结。"

"我们还能做些什么？"

"找到熟悉她的人，多了解她的情况。"

宋诚想到了高老头，想到这个时间他一般会帮忙纠正住户乱停车，便急忙带着张紫晴来到小区岗亭处。果然高老头正站在大门口，冲收废品的中年人喊道："这些垃圾得带走！"

"老家伙，你最烦了。"中年人白了他一眼，极不情愿地捡起自己丢弃在墙角的垃圾，拖着沉重的垃圾袋，晃晃悠悠地走了。

宋诚走到高老头身边，问："老高，你认识1号楼101室的蔡阿姨吗？"

"蔡阿姨？认识倒认识，但不熟。"高老头说完递来一支烟，宋诚摆了摆手，谢绝了。

"她有朋友吗？"张紫晴问。

宋诚指着张紫晴介绍道："这是中医院的张医生，蔡阿姨之前的主治医师。"

高老头朝张紫晴笑了笑，算是打过招呼了："没人和她关系好！整天神经兮兮的，开门都只开一条小缝，好像有金山银山，怕被抢了一样。对了，她有一个儿子，大学毕业后留在了北京。"高老头拍了拍手臂上的红布条，"有这么个奇怪的老妈，换我是她儿子也不敢回来呀，就跟刘老头的儿子一样。"

"刘老头是？"张紫晴下意识地问。

高老头非常满意张紫晴的反应，觉得能不露痕迹地在外人面前贬损刘老头，实在是件值得高兴的事。

"刘老头是……"宋诚早就从张琼、李龙光那儿听说了海晨小区两大魔头的"恩恩怨怨"，刚想解释一番，不料被高老头打断了："刘老头啊，算是小区里最奇怪的人吧。"

张紫晴无暇听他细说，追问道："有听说蔡阿姨喜欢上网吗，例如玩游戏或交友什么的？"

"不可能，上个礼拜她手机掉在菜场，还是我们帮她找到的，就是那种黑白机，连网都上不了。"高老头挠了挠头，瞬间来了精神，"她到底出什么事了？"

宋诚和张紫晴只是淡淡一笑，自感无趣的高老头四下望望，看到前方消防通道处停了一辆车，便嘟嘟囔囔地跑过去了。

很快，张紫晴也和宋诚告别，返回中医院。半小时后，正当宋诚在办公室中整理好文件准备下班时，接到了张琼的电话。电话那头，张琼焦急地说："宋主任，你快来，蔡阿姨家出事了！"

第七章

宋诚赶到1号楼楼道时,那里已经聚了好几个人,除了张琼、李龙光,还有高老头、刘老头、江斌。不久后,杜明哲也一路小跑过来。原来是张琼因为怕出事,急急通知了他。

宋诚在人群中意外看到了张紫晴,刚伸出手要跟她打招呼,却被高老头一把攥住了。他指着地上的一个垃圾袋,紧紧拉着宋诚说:"宋主任,你得替我主持公道!"原来他像往常一样在小区"巡逻"时,被一个从天而降的黑色垃圾袋砸到了,几根黏糊糊的面条粘在了他心爱的红布条上。

"砸到我也算了,居然砸到了红布条。"高老头不断复述这个细节。在他眼里,这可是对"民间社区主任"的最大侮辱。这不,看着旁边刘老头笑得合不拢嘴,高老头更是气得不行。

士可杀,不可辱。

被砸到后,高老头抬头一看,见蔡阿姨家的一扇窗户刚好关上，因此确定了"犯罪现场"。他怒不可遏地提着证物——黑色垃圾袋冲到蔡阿姨家敲门，可无论他怎么喊叫，里面都毫无动静。

高老头可以容忍自己被砸到，却无法容忍被轻视、被无视。他更用力地敲门，恨不得把脚也用上。听到响动，围上来的邻居七嘴八舌，有人说高老头是不是弄错了，也有人劝他算了，回家洗洗就好。高老头猛然意识到这是一次难得的提升社区素质的机会，何况他还是当事人，便立即通知了张琼。

谁知高老头的话刚刚说完，就见蔡阿姨提着菜篮子回来了。她看到家门口围了这么多人，一脸惊恐："怎么了，出什么事了？"

"蔡阿姨，你家里有没有其他人？"张琼上前一把拉住蔡阿姨，小声地询问，因为刚才高老头有意无意地透露，蔡阿姨家可能藏着她的野男人。

"没、没人的。"蔡阿姨极力否认。

"那我要报警了，里面肯定是小偷。"高老头故意说得很大声。

"别、别，求你了，别。"蔡阿姨哀求着。

"蔡阿姨，你家住着什么人是你自己的事，但总得遵守小区公约吧。"高老头把头转向旁人，双手一摊，"今天他扔垃圾袋，那明天呢，是不是要扔椅子、扔菜刀了？"

可众人并没有给他想要的回应，反而一个劲劝他算了，这让高老头更生气了。

"我给你洗衣服，跟你道歉，求求你别报警。"话还没说完，蔡阿姨突然瘫坐在地上，篮子里的一棵卷心菜滚了出来。张琼想上前去扶，却被蔡阿姨摆摆手婉拒了。

想到蔡阿姨有过心肌梗死病史，宋诚急忙疏散了人群。高老头似乎也想到了这一茬，没像往常那般得理不饶人，嘴里嘟囔一句"算我倒霉"就准备离开，不料出楼时竟一脚踩到了地上的垃圾袋，滑向了楼梯，摔在地上嗷嗷大叫，说右腿疼得厉害。

现场顿时乱作一团。

宋诚让李龙光、杜明哲扶着高老头去医院检查。蔡阿姨趁没人留意自己，赶紧起身进了屋，又立刻关上了门。看到张紫晴正蹲下身，打量那个垃圾袋，宋诚刚想去招呼她，可就在他回头看蔡阿姨的瞬间，张紫晴已不见了踪影。

一个小时后，李龙光笑嘻嘻地回到了社区办事大厅，刚拿起杯子准备喝上一口水，就听到一个声音："你笑什么？"

这着实吓到了他，他以为人都走光了，没想到自己的老搭档张琼正蹲在地上整理资料。张琼站起身，向他抱怨道："有群众受伤了，你还好意思笑？"

"我、我……"李龙光拿着杯子一时不知怎么回答。

"收起你这个表情。"张琼一脸嫌弃地说。这真不能怪她，李龙光的脸实在太胖了，每当他想要解释些什么的时候，就会露出像是在被人欺负的表情。

宋诚听到声音，走出办公室，问道："老高怎么样了？"

"骨裂了，打了绷带，医生说至少要养一个月。高老头一路都黑着脸不说话，看来真的被气坏了，幸亏有小杜帮忙。唉，这次幸亏有小杜。"他见宋诚很有兴趣的样子，继续说道，"每次高老头要发火，都被小杜的一张扑克脸堵回去了，要不然我的耳朵就要长老茧了。"

"小杜呢？"宋诚问。

"还在高老头家。"

"我去看一下。"

"我要的是凉开水，你怎么给我这么烫的水？"高老头坐在沙发上，举起陶瓷杯，不满地说。他可没忘记上次就是这小子让他在刘老头和江斌面前出丑的。

杜明哲接过杯子，走到水槽前，倒掉半杯热水，又盛上自来水，放在高老头面前。

高老头一脸的不可思议，憋了很久说："你让我喝自来水？"

杜明哲面露不耐烦，好似在说：难道不能喝吗？

门外的宋诚看到这一幕，忍不住笑了出来。

高老头见宋诚进了屋，终于逮到了一个可以诉苦的人："宋主任，你看看他……"

还没等高老头说完，杜明哲便放下陶瓷杯："宋主任，我走了，不能脱岗太久。"没等宋诚回应，便推门而出。

高老头看着杜明哲的背影，斜着头对宋诚说："这孩子有病吧？"

宋诚重新倒了一杯水，交到高老头手上："他陪你去医院，你还这么说他？"

"话不是这样说的，他是小区的保安，本来就有义务。"或许是这个理由太过牵强，高老头没有继续说下去。

"你现在受伤了,有人照顾你吗?"

"我想,我应该……能够……可以……"高老头逞强地想要动动腿,却感到钻心的疼痛,"哎哟……"

宋诚赶紧制止他:"别硬来。不是我说你,你这年纪,不休养好,会有后遗症的。"

高老头想起一个小时前,那人高马大的急诊科医生也是这么说的。

"要不让小杜来照顾你吧。"宋诚见时机成熟,说出了此行的目的。

"啥?"高老头猛地摇摇头,"他?想都别想,今天给我喝自来水,明天就不知道给我喝啥了。"他越想越气,"反正就他不行,谁知道会整出什么幺蛾子。"

"可没人照顾你,你有亲戚吗?保姆也不好找,保姆还是女的,还要住你家。"

"这……"高老头不自觉地抓紧了拐杖。

"老高,其实我是来找你帮忙的。"见高老头诧异地抬起头,宋诚继续说,"咱小区的事你比谁都门儿清。小杜的房子要到期了,收入又不高,所以我想让你帮他一把,刚好他也能照顾你。"

虽然大家都叫他高老头,可他明明才五十多岁。上周一,他一大早跑去超市抢特价大米,还要了两包。回家这一路几乎要了他的老命,休息了两天才缓过神来,的确需要一个年轻人在身边。高老头试探地问:"他怎么说?"

"还没问他,我想先听下你的意见。这孩子毛病多,需要你管着，否则不知道会出啥事。"

"哦，这样呀！"高老头抑制着想答应下来的冲动，还想再摆摆架子，"那我……那我要好好考虑下。"

宋诚站起身："我等你消息。"

"宋主任，你以前都不管这些事的，就只管弄报表。"高老头抬起头，露出疑惑的表情，"现在怎么这么上心，而且……"

宋诚愣了一下。

"而且换以前，你都不怎么跟人说话的。"高老头一副恍然大悟的模样，"对，就跟那小子一样，冷冰冰的，怪不得你对他那么好，他是你家亲戚吧？"

宋诚没有回答，径直走了出去，外面已是万家灯火。对呀，自己是怎么了，怎么开始去管那么多和工作毫不相关的事情了？可这些真的和工作无关吗？

第二天一早，宋诚站在海晨小区的河道旁，点了一支烟。他是在等张紫晴，昨晚张紫晴来电，请他今早一起去趟蔡阿姨家。

河道旁，不少老人正在晨练，有跑步的，有舞剑的，也有健走的……冬天的早上尤其寒冷，但老人们却仿佛不怕冷似的，神情专注，头上冒着腾腾热气。透过老人急促的呼吸，宋诚看到了他们对生命的渴望，仿佛只要这样卖力运动，就能让自己多活一点时间，再多一点时间。

这时，背后传来张紫晴的声音："一大早就吸烟，不知道对身体不好吗？"

宋诚有些恍惚。记得那个冬日的早晨,他坐在沙发上,随手拿起茶几上的打火机准备点烟时,抱着一沓衣服走到他身后的小兰也是这样。她玩笑似的把衣服堆在他头上,对他说:"老公,你该戒烟了。"见宋诚点点头,她又说:"你要戒烟,知道吗?昨天我们的俞师傅吐了口血,进医院了。"

他记得自己放下手中的烟,双手揽住小兰的腰,问她拿这些旧衣服干吗,小兰却只是轻轻揉着自己的后背,叫他不要打岔。

宋诚恍惚中回头,看到张紫晴正背对着太阳站在他面前,可耀眼的阳光却让宋诚看不清她的脸。

"宋主任,我来晚了。"张紫晴走到了他身旁。

宋诚略微失神后摇了摇头,与张紫晴并肩朝蔡阿姨家走去。

这次,蔡阿姨依旧只开了一条小缝隙,她看到张紫晴和宋诚站在一起,有些吃惊,但马上明白了点什么:"张医生,谢谢你这么关心我,但我没病。"说完,就想把门关上,可张紫晴早有准备,迅速将手探进了门缝里。

蔡阿姨冷笑一声:"怎么,你要强行卖药给我吗?"

"我是来看望病人的。"

"说得好听,不就是想多卖点药吗?你们医生都是这样,黑心肠。"

"蔡阿姨,你要为病人着想。如果哪天你走了,能放心他吗?"张紫晴冷静地说。

"你快放手,我不知道你在说些什么。"蔡阿姨慌乱地想要推开她,却在相互推搡中,反被张紫晴推倒在地。

趁宋诚上前扶起蔡阿姨，张紫晴迅速闪身进屋，并快步走向那间关着门的卧室，正是宋诚上次假装修电脑的那间。蔡阿姨挣脱开宋诚的手，朝张紫晴跑去："你、你要做什么？"

就在张紫晴要推开卧室的房门时，蔡阿姨终于抓住了她的手。

张紫晴转过身盯着她说："你知道那天你有多危险吗？急诊科医生全上了，花了整整两个多小时才救下你，后来我们却做错了一件事。"

蔡阿姨嘴角抖动。

"我们一直以为需要心理医生的人是你。"

蔡阿姨在一旁拼命摇头，不知是在否认，还是在警告她不要再说下去。

"你家里藏着一个人。"张紫晴看了一眼不明就里的宋诚，"高老头以为那是你的新老伴。但你先生已经走了很久，就算有了新老伴，也不用躲躲藏藏的。"

蔡阿姨捂住了嘴巴，不敢再听下去。

"躲在家里的不是别人，是你的儿子，许天。"

伴随着"许天"两个字，张紫晴推开了房门。蔡阿姨尖叫着"不要"扑了过去，却已经来不及了。

卧室完全敞开在他们面前：里面漆黑一片，唯有一台显示器亮着光。一个身形消瘦、留着长发的男人正戴着厚厚的耳机，在电脑屏幕前快速敲击键盘。屏幕里，一个强壮的骑士潇洒地挥舞着利剑，包围他的敌人接连倒地。男人目不斜视，门外站着谁，门外发生了什么，似乎都与他无关，他已然完全沉浸在自己的世界里。

房间里散发着一股不通风的霉味。怪不得上次来的时候窗户全被打开了，宋诚心想。

蔡阿姨推开张紫晴，迅速关上了房门，然后恶狠狠地盯着张紫晴，像一头保护幼崽的母狮，不允许任何人靠近。

"蔡阿姨，那天是你走运，一辆救护车刚好在这附近，否则，"她不忍心说下去，"你走了，许天该怎么办？他不可能藏一辈子的。"

闻言，蔡阿姨仿佛被抽干了力量，跌坐在客厅的沙发上，双手捂住脸，嘤嘤地哭了。

张紫晴坐到蔡阿姨身边，说："我昨天去听了你打给120的电话录音。"

蔡阿姨抬起头看向她，一旁的宋诚也颇为意外。

"你当时神志不清，说不清人在哪里，只是一个劲地叫着许天。接线员很着急，一直在喊你，就在那个时候传来一个男人的声音。"

这是蔡阿姨所不知道的。

"那个男人说，海晨小区1号楼101室。"张紫晴停顿了一会儿，"你在医院住了几天，担心许天，所以不想说话。不过，你对自己的儿子多少有些失望吧？陷入昏迷前，你曾叫过他的名字，他却像刚才那样戴着耳机，对你不管不问。你不知道他是真的没听到，还是不想救你。你迫不及待地出院，是知道家里没多少吃的，怕许天饿到。但你肯定想不到，昨天从你家丢出去的是一个外卖袋子。老板说，那几天你家一直有人在订外卖。"

张紫晴拉起蔡阿姨的手："救护车的医生说，当时门开着，窗也开着，这为你赢得了抢救时间。你身边还放了身份证、医保卡和银行卡。"

蔡阿姨猛然抬头："我没开过窗，也没放过这些。"

"我知道不是你，是许天。在你清醒前，护士接到过好几个电话，问你怎么样了，就不肯说他是谁。"

蔡阿姨又哭了起来，张紫晴轻轻拍打着她的后背："所以，蔡阿姨，许天不是你想的那么软弱，那么无情。他肯定是遇到了什么事才会变成这样，你不能由着他越走越远，到时候就真的走不回来了。"

蔡阿姨抬起头看着张紫晴，眼神中既有迷茫，又有些期待。

"有时候，只需要你给出一个信号，他就能重新找到回家的路，因为他自己也很想回来。"

蔡阿姨手足无措地说："我可以吗？我怕我做不好，到时候连现在这样都保不住了。每次新闻里说哪里的孩子自杀了，我就特别害怕。"

张紫晴拿起纸巾，擦去蔡阿姨眼角的泪水："你可以的，你是他妈妈，是你把他带到这个世界，所以你也一定可以把他带回来。"

蔡阿姨失魂落魄地望着那扇紧闭的房门，说出了隐藏多年的秘密。

初三那年，许天的爸爸因急症去世。他中考后进入了一座普通高中，可朋友们都去了重点中学，与他的联系越来越少。许天曾去找过他们几次，但每次都不开心，朋友们总是在谈论新学校的事情，他插不上话。越来越孤僻的许天把这一切都归咎于爸爸的意外去世，觉得如果爸爸还在，家里肯定有钱付择校费，那么他也能去读重点高中，就不会被朋友们嫌弃。很快，他便迷上了网络游戏，甚至在高考前悄悄退学，整日躲在家里打游戏，和蔡阿姨的话也越来越少，最终变成了现在的样子。

第八章

　　正当宋诚为许天的问题烦恼时，终于听到了一个好消息：高老头同意杜明哲住到他家，每个月只象征性地收取五百元钱。

　　促使高老头做决定的是，昨天晚上他在厕所里摔了一跤。

　　当时是晚上十点，高老头坐在餐桌前，面前还放着一个快餐盒，不过一口都没吃，谁叫这是杜明哲送过来的呢。他心里嘀咕，天知道那小子在里面放了什么东西。高老头可以忍着不吃饭，不喝水，但不能不上厕所，憋了几次后，他不得不一只腿蹦跳着去厕所，可刚进厕所门，便脚底一滑，又一次摔倒了。幸亏他随身带了手机，上面有杜明哲的电话，在拨通电话前，高老头还自我安慰道："我只是找保安，不是找那小子。"

　　杜明哲过来后，忙里忙外，直到安顿好高老头才离开。那之后不一会儿，宋诚便接到了高老头的电话。

　　第二天一大早，宋诚早早来到六楼，催促杜明哲赶快搬过去。

杜明哲搬家时，江斌是唯一不高兴的人。他站在门口，黑着脸，说了句"为什么是他"，便嘟嘟囔囔地走了。

"他"？哪个他？杜明哲不甚明白。

一手拉着行李箱，一手抱着被子的杜明哲来到高老头家，坐在餐桌旁的高老头指了指桌上一张 A4 纸，冷淡地说："把合同给签了。"

杜明哲放下被子，拿起这张写着"合住公约"的纸张。上面的字密密麻麻，连一块指甲盖大小的空白都没有。

故意咳嗽一声后，高老头抬高声音说："没有规矩，不成方圆，既然你要住进来，就得遵守这里的规矩，各种细节要求你都认真看下，如果没问题，就签名确认。"

话音刚落，杜明哲立刻拿起笔，在最后一行"本屋房东高成先生拥有最终解释权。乙方杜明哲一旦违约，高成先生随时可以将杜明哲扫地出门"的右边写上了自己的名字。

高老头不想杜明哲根本没把他的合约当回事，不悦地说："这么快就看完了？"

杜明哲点点头，将合约放在餐桌上。

"你怎么这么不上心，我花了一个晚上写的。"高老头越看越觉得杜明哲的字有些丑。

"最坏的结果不就是被扫地出门吗？"杜明哲抱起一床被子，就要往房间走去。

"站住。"高老头摸了摸被子，"这么潮，没拿出去晒过吧？我有一床要扔掉的，便宜你了。"说完，他指了指沙发上一床蓝色的被子。

杜明哲抱起蓝色的被子，一股阳光的味道扑鼻而来。他好像又看到了八岁那年冬天的太阳：

山脚下的小院里，洋槐树粗大的树枝上晒着一床被子。小明哲捡起地上的一根枯树枝往被子上打，谁知被子后面竟探出爸爸的脑袋。

"你这小屁股蛋又尿床了，你都八岁了，可别让你妈知道。"就算是埋怨，爸爸的语气里也满是怜爱。

小明哲踮起脚尖，去闻被子，发现没有尿臊味，反而是很好闻的味道。

"那是阳光的味道。"爸爸抚摸着他的头，露出憨厚的笑容。

时隔多年，那味道又回来了。

这是这个世界上最好闻的味道。杜明哲抱着被子对自己说。

"最近宋主任怎么了？"张琼问李龙光。

"你也觉得奇怪？"李龙光往张琼身边凑，但很快被她推开了，差点撞到桌角。

"李龙光，"张琼捏着鼻子说，"你中午吃了什么呀，快熏死我了。"

"洋葱和大蒜呀。"

"那你还凑得那么近！"

"不是你让我过去的吗？"李龙光一脸的委屈，"而且我们中午不是一起吃饭的吗？"

"你、你……"

这时，宋诚风风火火地走进办事大厅："张琼，给我张志愿者报名表。"

从张琼手里接过报名表，他瞄了一眼："给我留个名额。"说完，又大踏步走出办事大厅，张紫晴还在外面等他。

"真的不一样了。"张琼先是自言自语，随后又朝向李龙光说，"你说是不是？"

李龙光赶忙捂住嘴巴，连连点头。

这个志愿者名额是宋诚为许天留下的。他和张紫晴都认为要寻找机会帮许天重返社会，恰好海晨小区想招募几个管理小区进出口的志愿者。

两人带着报名表到了蔡阿姨家。

蔡阿姨敲了几次许天的房门都无功而返，她抱歉地看向站在客厅里的宋诚和张紫晴。但两人早就预料到了眼前的情况，因此准备了 B 计划。等张紫晴和蔡阿姨藏进主卧后，宋诚便敲响了许天的房门："许天，小区要停电了，出来拿下停电通知。"

过了一会儿，门开了，许天探出头，对陌生男人的出现不以为然，只是朝宋诚身后看了一圈，问："我妈呢？"

宋诚将停电时刻表递到他手上："你妈出去了。"

许天接过时刻表看了一眼，准备关门时，宋诚向前跨了一步，拦住了他，笑着问："你游戏打得很厉害吧？"

许天仰起头，看着宋诚反问道："问这个干吗？"

"我看你做事很专一，肯定玩得不错。"

"我从来不买装备，都是自己打下的江山。说起来，我现在可是一个帮派的老大，手下有一百多号人呢。"许天露出难得一见的轻松神情。

宋诚趁机说："能帮社区一个忙吗？"

许天警觉起来，斜睨着问："什么忙？"

"咱们小区需要志愿者帮忙指挥小区大门口的车流。你知道现在很多司机都乱开车、乱停车。所以想找几名志愿者。"

许天迟疑着，似乎在做一个天大的决定。突然，他撕碎了那张纸，焦躁地说："我可没有时间去管那几辆破车，上百号兄弟等着我发号施令呢。"说完就重重关上了门。

张紫晴带着一脸愁容的蔡阿姨从主卧走了出来，她安慰道："我们还有别的办法。"宋诚也郑重地点了点头。

十分钟后，宋诚打开楼道内侧的电箱，切断了101室的电源，听到身旁的张紫晴轻声说："宋主任，谢谢你这么上心。"

是呀，自己怎么会这么上心？但为什么不能这么上心呢？当警察时，他就是一个对案件上心、对当事人上心的人……只是那场车祸改变了他，以至于社区里的人都以为他是那种事不关己高高挂起、对人对事极其冷漠的自私鬼。

张琼这么认为，李龙光这么认为，高老头这么认为，现在连张紫晴也这么认为。

两人站在门外，透过虚掩的门，听到蔡阿姨的喊声："天天，停电了，出来吃碗馄饨吧。"

等了许久，房间里都毫无动静。

蔡阿姨走到门边，对站在楼道里的两个人摇了摇头。张紫晴也一筹莫展，第一次来蔡阿姨家时看似勇敢的行为，却让她在事后感到害怕。她之前没见过许天，要不是他当时戴着耳机，张紫晴的一番话无疑会激怒暴躁又脆弱的许天，后果将不堪设想。

两个女人不知所措时，宋诚一声不响地往许天房间走去。张紫晴预感到要发生什么，急忙上前想要拦住他，但刚伸出手就被拉住了，一回头，竟是蔡阿姨。蔡阿姨紧闭双唇，对着张紫晴微微摇头，显然刚刚做了一个很艰难的决定。

宋诚推开门，里面漆黑一片。他侧身而入，很快关上了房门。屋内被厚厚的窗帘包裹着，丝毫感觉不到此时屋外明媚的阳光。

"你是不是觉得自己说些冠冕堂皇，又不着边际的话，就能改变我的人生？"是许天的声音，"你以为我不知道你们上次来过？以为我不知道是你拉了电闸？"

宋诚沉默了一下，说道："我不想和你说这些。"

"那你是？"

"我只想告诉你，我们每个人的人生，只有一次，无法重来，不能反悔。"

黑暗中，许天长长叹了一口气。

"现在这样子真的是你想要的吗？"

"我能怎么办？我的人生就这样了。你没听过出名要趁早吗？我都二十八岁了，还能怎么样，人家十八岁就出来工作了，我晚了十年，拿什么跟人家比？我的人生注定是失败的。"

"只因为比别人晚了几年，就觉得一定会失败，要放弃整个人生？"宋诚觉得这个逻辑相当不可思议。

许天没有回答，这个问题他从来没想明白过。

"你甘心吗？"宋诚问，"许天，你甘心吗？"

"甘不甘心，重要吗？只有游戏才能给我尊严。我在游戏里靠自己一点点打下江山，我能照顾很多人，很多人都需要我，你明白那种被人需要的感受吗？"许天用低沉又悲愤的声音继续说道，"可现实中谁都不需要我，我是一个没人理睬，被谁都看不起，只能躲在黑暗里的人。生而为人，我很抱歉。"

"你甘心这样吗？你只能活这一次。"宋诚仰起头，再一次问道，"没机会重来的。"

"我不甘心！"许天猛地站起身，"不甘心又能怎么样？我不懂这个世界的游戏规则，我只懂电脑游戏的规则，我不知道该怎么做才能讨好这个世界，让它接纳我，喜欢我。"

"张医生说你有抑郁症，我觉得你没病，一切都是你给自己和别人的伪装。"

"我的人生要是能和游戏一样该多好。"许天转身拉开窗帘，透入的阳光刺痛了他的眼睛，他连忙捂住双眼，"游戏里失败了可以重来，今天打得不好，明天可以重打。可是人生呀，却是不能走错一步，走错一步，整个人生都会毁掉，永远赶不上别人了。"

宋诚实在忍耐不住，他扯住许天的衣领也吼道："人生就是人生，谁都会有意外，难道每一次意外我们都要关机重启吗？"他松开手，看着气喘吁吁的许天，"你从小就顺风顺水，没受过一丁点儿挫折，可这不代表一辈子都会这样。你把只能读普通高中，不能像朋友那样去重点中学都归咎在爸爸的过世上，觉得如果他还在，你也会去重点中学，不会再被人嫌弃。但，这个世界没有如果，发生了，就是发生了，你的人生没有如果！"

"不要说了……我让你不要说了！"许天想要逃出房间，却被宋诚一把抓住，压倒在地板上。

"你懦弱，不敢面对现实，不敢面对失败。你一直在逃避，表面上看起来很不孝，但我知道，你是觉得对不起妈妈，所以才不敢面对她。"

许天不再挣扎，双手垂放在地板上，静静地躺着，任眼泪流下。

宋诚站起来说："我不反对你玩网络游戏，如果这能让你自信，游戏就是你的修炼场，但你却在用游戏逃避现实。虚拟世界中获得的成就感、认同感真的可以弥补你在现实世界的空虚吗？"

许天嘴巴动了几下，最后还是没说出那个"是"字。

"你知道不能的，否则怎么会在客厅一待就是一整夜？"蔡阿姨说她经常看到许天在客厅待一晚上，这让她非常担心，"你总害怕被人发现你的无能，你看到没，你妈根本就没想过这些，她只希望你能自食其力，活得快乐。"

"可是我总觉得自己比不过别人，对自己很失望。"许天仍旧躺在地上，冷哼一声，"知道那么多人生道理有什么用，能改变一点点现实吗？"

"现实很残酷，但现实也很慷慨，只要你努力一点点，认真一点点，现实就会回报你幸福的生活，给你挺起胸膛做人的机会。"

"人生不就是为了成功吗？如果没有成功，活着有什么意义?"

"成功?"宋诚冷笑一声,"一场意外就让你颓废成这个样子,就算没有那场意外,你觉得你会成功吗?"

许天突然坐了起来,气急败坏地说:"当然会!你没看到我在游戏里的成功吗?"

宋诚盯着他,一个字一个字地说:"成功的人,不是应该自己站起来吗?

"许天,生而为人,不需要对任何人抱歉,每一个能自己站起来的人都是英雄。"宋诚理了理衣服,推开房门,"在这黑暗的屋子里,能救你的只有你自己,看你是选择一时丢人,还是一世丢人。"

这段时间,杜明哲能明显感觉到来自江斌莫须有的敌意。之所以说莫须有,是因为杜明哲实在不知道哪里得罪了他。

有几次江斌路过岗亭,杜明哲主动跟他打招呼,江斌只是瞥了他一眼,就走了。

前天更好笑,江斌当着众人说:"这位保安大叔,您有什么事情吗,怎么老盯着我看?"惹得旁人哈哈大笑。

原以为江斌这么说过了,也算出了口气——虽然杜明哲并不知道他生哪门子气,但江斌还是不理他。

难道搬家那天惹到了江斌,以至于他莫名其妙说了句"为什么是他"?

"他"?他是谁?宋主任吗?

杜明哲一抬头，竟真的看到了宋诚。

宋诚递给杜明哲一张表格："这是志愿者名单，上下班高峰期来帮忙。"

杜明哲接过表格看了一眼，点了点头。

"这个许天，人瘦瘦的，头发长长的，你多帮着他点。"宋诚指着名单上的最后一个名字说道。今天早上，许天一个人来社区办公室报名。尽管很吃惊，但宋诚只是淡淡说了句到时会通知他，因为张紫晴特意嘱咐过，不要表现出对他很关心的样子。

杜明哲放好表格，见宋诚还盯着自己，诧异地问："宋主任，怎么了？"

"小杜，你听说过'生而为人，我很抱歉'这句话吗？"

杜明哲愣了一会儿才回答："没有抱歉，活着就好了。"

"活着就好了？"

"活着的意义就是活着。"杜明哲又想到了爸爸，"只有活着，才有其他一切可能。"

宋诚微微点头，转身走出了岗亭。

每个人，不管看上去有多么普通，他们可能是你不曾留意过的保安、售货员、快递员，甚至是清洁工、流浪汉，他们中绝大多数人一辈子都不会有惊天动地的大作为，但他们同样对这个世界有着深深的理解，对人生有着自我的领悟，一点也不比其他人来得浅薄。

降临到这世界的每一个人，都有自己的使命。

这个发现让宋诚感到快乐，好像周围的人和物一下子都鲜活起来。他再次置身于璀璨的星空之中,但这次他并不孤独,有很多人陪伴着他。想到这里,宋诚不自觉地加快了步伐。

这是张紫晴第一次见到如此欢快的宋诚,她站在海晨小区中庭便利店旁怔怔地看着宋诚迎面而来,但宋诚却没留意到她,与她擦肩而过。

张紫晴有些尴尬,不理解自己,明明一个电话就能说明白的事情,为何非要特意跑来。

"宋主任?"

宋诚回过头,略带意外地说:"张医生,你怎么在这里?"

张紫晴走到他身边,慎重地说:"你爱人的信息,我查过了。"

宋诚沉默了一下:"怎么样?"

"我用名字、身份证号、手机号码,都查过了,中医院没有她的就诊资料。"

"没有?"

"一次也没有。"

宋诚的眉头微蹙,唯一的线索断了。

第九章

杜明哲醒来,听到窗外淅淅沥沥的雨声,不由闭上眼睛,抱紧了被子。

窗外的雨让他想起十二岁那年的冬天。年幼的他蜷缩在破旧的房屋里,雨水从头顶碎裂的瓦片中滴落下来,渗透进单薄的被子里……

还好,一切都过去了。

他从床上爬起,推开窗户,伸出手去触碰外面的空气,感觉并不冷。洗漱后,他走到门边,看了眼墙角的黑伞,犹豫了下,最后空着手出了门。

雨比想象中小得多,每寸皮肤都能感受到一股不知从何而来的暖意。杜明哲这么早出门是要给高老头买他最爱吃的豆腐脑。早餐店在海晨小区门口,店主是一对上了年纪的夫妻,像往常一样,今天打给杜明哲的也比别人要多一勺。

一辆黑亮的奥迪三厢小轿车从早餐店前慢慢驶过，停在海晨小区门口。司机下车，冒着细雨小跑着打开后排车门。一条修长的腿从车上迈下来，是一个气质不凡的女人，很难判断她的年纪。如果说是年轻的，可这气韵显然需要岁月的沉淀，如果说是成熟的，但这婀娜体态又是年轻女人所特有的。

女人拒绝了司机双手奉上的黑伞，在车旁站了几秒钟，抬头看了眼海晨小区，回落的眼神刚好和杜明哲的目光相对，两个人都面无表情，又几乎同时回到了自己眼神原本应在的轨道上。女人阔步走向海晨小区，清晨的早风夹杂着绵绵细雨吹散她米黄色的披肩，披肩飘扬，露出她若隐若现的脸庞。

"请问9号楼怎么走？"女人停下脚步，询问一个冒雨锻炼的老人。

老人随手一指："绕过前面8号楼就到了。"

女人优雅地微笑点头，继续前行，五六米外的杜明哲几乎和她保持着相同的步调。

9号楼是杜明哲曾经租住过的地方，他不由留意起女人的动向，但女人却很快消失在他的视线之外。他回过头，发现是女人迷路了，正站在原地，不知该怎么走。

女人见杜明哲看向自己，上前问道："可以带我到9号楼吗？"

杜明哲点头时才看清她的样子，年纪要比想象中大上不少，有些眼熟，不知在哪里见过。

他走在前面，女人跟在后面。雨有些大了，两人都没带伞。女人发现前面这个男孩身姿挺拔，虽然淋着雨，却没有加速，这个孩子看上去不到二十岁,却相当沉稳。

"到了。"说完,杜明哲就要离开。

面前的这幢楼有好几个楼道,女人不禁有些茫然:"503室怎么走?"

"503室?"杜明哲好奇地问,"你找谁?"

"你认识?"女人没有直接回答。

"嗯。"

"我儿子。"

怪不得眼熟,原来是江斌的妈妈,他们母子眉宇间都带着几分英气。杜明哲指了方向,便点头告辞。

江斌开门时,没料到会是他的妈妈江芳草,愣了一下。

"为什么一声不响地从日本回来?"

没有问候,没有铺垫,妈妈还是一如既往地强势。想到这里,江斌笑了。

"我在问你。"江芳草一把抓住江斌准备去拿蛋糕的手,眼睛却一直盯着儿子。

"我只跟我妈妈说,而不是江总。"江斌似笑非笑,但"江总"两个字却咬得死死的。

"啪"的一巴掌,江斌感到左脸火辣辣的,肉松蛋糕洒落在地。他笑着回头,看着江芳草。

"你就不能体谅我的苦心吗?"江芳草一下子变得激动起来,"那件事我花了多少心血,多大代价才摆平!"

"你意思是说我没有癫痫,病例、证人,甚至连我的身份都是假的?"

"我没这么说!发生那么大的事情,我也很害怕。"江芳草说到最后都有了哭腔。

"那就告诉我真相。"江斌蹲下身,捡起地上的蛋糕,将肉松一丝丝地放回去。

"你知道的就是真相,你有癫痫。"江芳草平静地回答。

"我无话可说。"江斌咬了一口蛋糕。

"为什么要瞒着我一个人回国?"江芳草向前走了一步,盯着儿子问道。

"我真的是那个人的儿子吗,为什么你们都没癫痫,就我有?"他的手深深埋在了蛋糕里。

"你在胡说些什么?"江芳草差点没站稳,一手抓住了餐桌,"你听谁说的?"

"你们为什么要离婚,为什么离婚后他从没有来看过我,为什么别人都说你和那姓李的有关系,为什么?为什么!"江斌狠狠往嘴里塞了一大口蛋糕,"我二十四岁了,不是个孩子了,要不要留在日本,要过什么样的日子,我自己会决定。"

"你为什么住在这里,为什么不回家?你是不是一直没吃药?"

江斌冷笑,把门打开:"等我有妈妈的时候,自然会回去找她。"

江芳草从口袋里取出手帕,擦掉眼角的泪水,她没有再看江斌一眼便走出了房门。来到楼外,她抬头望向天空,阴云密布,雨比刚才更大了。

二十年前,她一个人带着儿子住在破旧的小区里。每次出门,儿子都会抱着她的大腿说舍不得妈妈走。那时候她下岗创业,工作很辛苦,客户很难缠,但每次只要想到儿子奶声奶气地说"妈妈,你要早点下班回来呀,我等你",她就感觉每一天都是有希望和盼头的。

如今,一切都变了。

江芳草在雨中走了几步,经过一个楼道时,竟看到了一个意想不到的人。

她全身一颤,后退了几步。

王皓源完全沉浸于所演奏的《诺斯特拉达姆》乐曲中,这是克罗地亚钢琴家马克西姆的作品,乐曲中的每一个音符都充满了力量,特别适合此次江城市艺术团远赴西部乡村学校的慰问演出。

完成最后一击,他双手悬空,睁开眼睛,又回到了现实:破旧的教室,辽阔又明净的天空,坑坑洼洼的泥地操场……

衣衫单薄的孩子们整齐地坐在泥地上,使劲鼓着掌。他们虽然听不懂,却依然感受到了音乐的力量。

王皓源站起来,合上旧风琴,向台下的师生鞠躬。这就是我要的快乐。他抬起头看到一个个红扑扑的脸蛋时想到。

整场演出一直到傍晚时分才结束。吃过简单的晚餐,艺术团回到了住所,这是一间教室临时改造的大通间。地上铺满了棉被,大家席地而卧。棉被的花色各式各样,看来是从不同的人家借过来的。艺术团刚到时,负责接待的校长向他们保证,说这些被子都是经过清洗晾晒的，让大家不要有卫生方面的顾虑。艺术团团长是一位老艺术家，在校长走后连连感慨，不知道来到这里是对是错。原本这是一次希望给当地师生带来精神食粮的慰问演出，但看到师生为他们所做的一切，却觉得这已经打扰到了他们的学习和生活，慰问反而成了打扰。

白天的舟车劳顿让大伙很快入睡，但王皓源完全没有睡意，他透过窗户，看着那一轮悬挂在漆黑夜空中的明月，突然很想出去走走。

山区的夜晚很冷，月亮却出奇的明亮，几乎掩住了星星的光芒。

他披着厚重又有些肥大的军大衣，搓了搓双手，借着月光向前走去。山间吹来不规律的微风，不远处还传来潺潺的流水声。

"咯噔"一声。王皓源下意识地站住，警觉地观察着周遭。

难道是野狗，或者是狼？想到这里，他有些害怕。

紧接着又是"扑通"一声，随后是一阵轻微的呻吟声。他壮着胆向前走，看到一个七八岁模样的孩子从地上爬起来，看来是刚刚从树上摔了下来。

王皓源上前扶起他："你怎么在这里？"

"我、我……"孩子只穿了一件薄外套，用力搓着双手，普通话里夹杂着当地口音。

王皓源伸出手，想看看孩子有没有受伤，孩子却神经反射般地躲开了，小声说了句："脏。"

他一把抓过孩子瘦小的手，见那小手冰冷冰冷的，便急忙脱下军大衣，盖在了孩子的身上。

"你怎么一个人在这里？"

"风琴哥哥，"孩子睁着大眼睛问道，"你被子上面有很多大苹果吗？"

王皓源一愣，想起自己被子上绣的是一只已经褪色的红凤凰："对的，有很多大苹果。"

孩子高兴地跳了起来："那是我和孙老师一起洗，一起晒的。"

"你爬上树，只是想看看我盖的被子是不是你洗的？"一股暖意让王皓源的鼻子酸酸的。

"嗯。"孩子重重点了点头。

"你叫什么名字？"

"李雷。"

"你们班是不是有一个叫韩梅梅的女同学？"

李雷认真地想了一下，摇了摇头。

果然是没有说笑话的天赋，王皓源嘲笑自己。

"你为什么希望我睡的被子是你洗的？"

李雷突然转过身，看着王皓源说："我想妈妈了，以前打妈妈电话的时候听到的声音，和今天风琴哥哥弹的很像很像。"

"很久没见妈妈了吗？"

"嗯。"男孩没有了刚才的兴奋劲，低着头说，"很久了。"

"妈妈呢？"

"去很远很远的地方了，爸爸说只要我乖，长大之后妈妈就会回来的。"

王皓源抱住李雷，指着天上的月亮说："李雷，你知道吗，月亮是不会发光的，它是反射太阳的光，但没关系，就算我们自己不能发光，只要能反射，别人也一样能感受到光，对吧？"

　　李雷似懂非懂地点了点头。

　　王皓源看着月亮，又想起车祸那天清晨的太阳。有些事，并不会随着时间而消失。

第十章

人的痛苦究竟来自哪里？人为何而痛苦？

宋诚时常被这个问题所困扰。情绪低落往往来得毫无征兆。有时是在刷牙的时候，他突然觉得心中一堵；有时是在喧嚣的人群中，他会一下子想不起要去哪里；有时是看到别人幸福地依恋在一起，他会觉得自己的一切都索然无味……

今天的压抑则来自那张放在门边柜上的快递单。

早上出门时，他顺手拿起快递单，再次仔细端详。除了妻子手写的收件地址，其他地方都是潦草的两三个字，应该是和妻子相熟的快递员写的，否则不会写得这么简单。

要去联系一下上面的地址吗？

或者去问下那个快递员？

宋诚摇摇头，从口袋里摸出那把绑着红毛线的钥匙，压在快递单上，随后出了门。

浅黄色的华光社区办公楼外,一个背靠着墙抽烟的中年男人一看到宋诚,就立马熄灭了手头的烟,迎了上来。

"宋主任。"男人胖胖的,不高,一脸讨好地递给宋诚一根香烟。

宋诚并不认识他,摆了摆手,谢绝了。

男人收回手上的烟,密集的笑容让整张脸看上去像一个大核桃:"我们是一家资源再利用公司,想在咱们社区搞一个公益活动。"

两人说话间已经走进社区办事大厅。张琼看到他们,便对男人说:"这事得找宋主任。"

男人立马点头,双手合在一起,嘴里不停地感谢张琼,显然刚才是张琼让他在外面等宋诚的。

宋诚走进办公室,把脱下的外套挂在墙角,问道:"什么公益活动?"

"捐赠冬衣呀。"

"捐赠冬衣?"

"宋主任,你不知道吗?"男人从口袋里掏出一张皱巴巴的《江城晚报》,指着其中一条新闻说,"看,就是这个。"

接过报纸,宋诚看到上面有一则消息:我市艺术团慰问西部山区学校,倡议发起"捐赠冬衣"公益活动。

新闻说,近日江城市艺术团前往西部山区慰问演出,发现那里急需过冬的衣物,回来后,他们发起了捐赠冬衣的公益活动。新闻重点采访了一个叫王皓源的高一学生,他刚刚代表中国获得了全球钢琴演奏的最高奖项,是艺术团里最耀眼的明星。他说那里有一个叫李雷的孩子,妈妈失踪了,爸爸是个残疾人,父子两人每年冬天都没有御寒的大衣。

"旧衣服。"宋诚好像想到了什么,迟疑了一下,"这是好事,你找张琼具体落实。"

男人的脸又变成了一个核桃,满口"好的好的"退出了办公室。

"王皓源,旧衣服。"宋诚转身望着窗外的太阳喃喃道。

张紫晴坐在一家西餐厅靠窗的位置上,夕阳渐渐褪去,代替它的是街边闪烁的霓虹灯光。她在此刻做了一个决定,与这个优雅西餐厅里的爵士乐无关,与在这里进餐的一对对甜蜜男女无关,与刚才和她擦身而过的妙龄女子身上的甜橙香味无关……

昨天早上,她收到了那所心仪已久的美国名校的邮件,对方愿意提供全额奖学金,资助她攻读心理学博士学位。

她却陷入了犹豫。

张紫晴拿起玻璃杯,这是一杯透明的柠檬水,即便只是看着漂浮在水中的柠檬切片,味蕾也会不自觉地分泌出唾液,想起那阵酸酸的味道。

在国内,有很多人需要她的帮助,所以她不能走。

这不是自欺欺人吗?即便去美国读博士,也不会妨碍她利用如今发达的互联网社交平台,为有需要的人提供心理咨询服务。柠檬片碎渣在杯子里摇曳沉浮,她竟在杯子里看到自己的脸颊微微泛红。沉思片刻后,她不得不承认,让她陷入纠结的真正原因是宋诚。

这段时间,张紫晴和宋诚的往来更加频繁了。一方面是两人共同见证了许天一步步走出泥淖;另一方面是张紫晴总会在无意间给予宋诚关心。例如两天前的冬至中午,她特意打车给宋诚送去了妈妈做的饺子。说实话,在赶去的途中,她十分忐忑,觉得这在旁人眼里是件奇怪的事。短短的十几分钟车程,她好几次想退缩,却又觉得必须这么做,能和他有那么点小秘密让她心中充满了甜蜜。果然,宋诚打开盖子看到热腾腾的饺子时,虽然有些吃惊,但还是当着她的面吃完了,还说他有些感动,这才让张紫晴七上八下的心安定下来。她也趁机提议想通过在江城各大医院工作的同学,帮忙打听他妻子曾经的就诊情况。宋诚却摇摇头说不用了,既然妻子不想让他知道,就该尊重她的选择,之前去中医院打扰,是他唐突了。

客观说来,宋诚长相中等,工作也尚可,即便有过婚史,但没有孩子,对一般女人来说,也是个不错的选择。可她对宋诚之所以有好感,是因为他对亡妻的深情。在医院,她见识过很多人间悲喜剧:照顾患病妻子好多年的模范丈夫,在妻子住院时,却偷偷安排了相亲;原本恩爱有加的夫妻,丈夫却在妻子过世的第三十天就和别的女人领了结婚证……

从人性的角度,她无意去批判这些行为,每一个人的行为背后都有深层的心理原因。她只是单纯地觉得宋诚这般情深义重,在这个浮躁的年代是多么的难得。

如果可以和宋诚在一起,她会放弃求学的机会吗?答案是肯定的，没有什么比一个人归属于她，或者说她归属于另一个人来得重要。她天生不是女强人，愿意在任何时候为爱情放弃事业。张紫晴打开手机，点开了一款网络问答软件，想看看大家有什么经验之谈。

她在搜索栏里输入"女追男"三个字，光是第一个问题"女追男都很容易吗"就有一千多条回答。这些回答她昨晚都浏览过了。虽说有句老话"男追女，隔重山，女追男，隔层纱"，可从留言者的实际情况来看，女追男并不容易，失败远远高于成功，理由无外乎，男方一开始答应是因为虚荣心，或是短暂的感动，但时间一长，总归会陷入越容易得到越不珍惜的怪圈。

怎么能将失败的原因归结为怪圈，还不是因为自身缺乏吸引力？真正的爱情不可能全靠感动，相互吸引才是本质。张紫晴深知这个道理。

她伸出左手，看了眼手表，已是晚上六点整，就在她略感不安时，抬头看到宋诚穿着一件灰色的休闲西服向她走来。

"怎么会想到请我吃饭？"宋诚坐下时，说出了中午接到邀请电话时的疑问。

服务员为宋诚送上一杯柠檬水。他透过玻璃杯看到张紫晴今天穿了一件红色的毛衣，脖子上还戴了一根亮闪闪的项链，很符合她的知性美。

"我可能要去美国读书了……"话没说完，就听到宋诚说："恭喜你，我以茶代酒。"

喝完，宋诚放下杯子，却看到张紫晴有些踌躇，似乎有什么为难之处。

"我只是说可能，还没最终决定……"她在心里一直鼓励自己勇敢地把话说出来，但勇气这种事，都是旁人说得容易，当事人却步履蹒跚，即便只是把话说出来这么简单的事，也每次不是卡在喉咙里，就是说出来的内容跟心里想的风马牛不相及。好在，此时服务员端上水果沙拉，挡住了她的脸。张紫晴借机调整呼吸，说："宋诚，我想和你在一起。"

"渣男！"不远处的一个女孩突然站起来，把红酒泼在对面男人的脸上，随后又补上一巴掌，最后气势汹汹地走了，吸引了整个餐厅的注意。

"你刚才说了什么？"宋诚回过头问张紫晴。

张紫晴摇摇头。或许一切都是天意，在看到刚才那一巴掌时，她已明白今天不再是表明心迹的好时机。

此后，两个人各怀心事地吃完了西餐。张紫晴见宋诚看了好几次手表，便提议早点回去。走出餐厅，宋诚时不时往手上哈着气取暖，两人就这样保持着一定距离，沉默地向公交车站方向走去。冬日的路灯别有韵味，仿佛光线也被寒冷所打扰，显得悠长又昏黄。

在公交车站等车时，宋诚突然问："张医生，人真的可以走出悲伤，重新开始吗？"

"你说什么？"521路公交车来了，等车的人蜂拥而上，张紫晴没有听明白他的话，顺着人流而去，"下次跟我说呀。"

张紫晴上了车，透过车窗玻璃，冲宋诚笑了笑，宋诚则挥手与她告别。公交车很快在街角拐弯,她轻轻叹了口气,收起了笑容。

张紫晴的研究生导师毕业于美国的一所常春藤大学,是典型的学院派教授。张紫晴深受导师影响,之前的学习、研究都非常注重数据和模型,这在她对待病人的方式和自身坚持的理论体系中展现得淋漓尽致。如果你有幸来到她的书房,就会看到硕大的书柜上几乎都是清一色的英文原版专业书。

回到家后,她一动不动地坐在书桌前,随后打开电脑,点击置顶的第一封邮件。她滑动着鼠标滚轮,一行一行仔细地查看那封博士录取通知书,并在笔记本上做着记录。期间,妈妈端着热牛奶进来,见她专注于工作,便欣慰地放下牛奶后悄然退出。

许久,张紫晴伸了一个懒腰,打开第二封邮件,这是一个西部笔友的来信。对方是一个乡村女教师,她的一个学生因留守问题而变得极度孤僻,她作为班主任却束手无策,在网络上寻求心理咨询帮助时与张紫晴相识。在信中,她说学生已经可以敞开心扉把心事告诉她了。最后,女教师特意放上了一张照片:一个脸颊发红的姑娘和一个腼腆微笑的少年站在藏区湛蓝纯净的天空下,远处还有一只翱翔的雄鹰。张紫晴所有的压力在此刻得以释放,她飞快地在键盘上敲打着,对待这类咨询信件,她向来谨慎,习惯到第二天再回复。

写好信,张紫晴拿起热牛奶,抿了一口,又陷入了沉思。前往美国读心理学博士,成为自己大学老师的同门师妹,一直是她的计划。但此时,那张藏区照片和宋诚都让她产生了动摇。

张紫晴微微摇头,怎么又想起了他?看今天这样子,宋诚全然没有这方面的想法。

她将牛奶一口饮尽,又迟疑了起来。没有想法并不代表她没有机会。或许是他在这方面比较木讷,需要别人引导。不过,这个念头却多少打击到了她,这不是间接说明她缺乏魅力吗?但若是这么错过,又实在太可惜……

可是美国留学的机会呢?就这么放弃了吗?

杜明哲站在岗亭,看到江斌正要进小区,犹豫着要不要打招呼,没想到江斌一改往日的冷淡,凑到他的身边,神秘兮兮地说了几句话。

杜明哲一时没反应过来:"你说什么?"

"我说宋主任肯定在和那个姓张的女医生谈恋爱,我已经好几次看到他们两个在小区里走来走去了。"说完,江斌神秘一笑。

"你直接说张医生不就得了。"杜明哲一边说,一边帮一位老人捡起掉在地上的纸袋。

"对呀,我干吗要跟你说这些!"江斌摆出一副后悔与他说话的样子。

杜明哲白了一眼江斌,不再说话。

"好了,好了,算我错了。"江斌又耍起了无赖,"喂,你这没良心的,你工作和居住的地方可都是宋主任帮你搞定的。"

"你想说什么?"

江斌又把脸凑了过去,一本正经地说:"去撮合他们。"

"这是宋主任的私事。"

"你这是借口。"江斌开始了胡诌,"你们总喜欢说这是别人的私事,实际上不过是嫌麻烦,再加上那么点不自信。你们总是不相信自己可以做好某件事。"

"你很闲吗?"杜明哲目不转睛地盯着前方。

"什么话呀,我不过是在休整,等我复出之日就是江城展现新容貌之时。"江斌搬出了刚刚看到的江城新区宣传语,"听说中医院要来小区里搞一个义诊活动,咱们就在那个时候动手。"他看杜明哲毫无反应,用手在他眼前晃了几下,"你到底有没有在听?"

"我终于知道一件事了。"

"什么事?"江斌第三次凑到他的面前,显得很有兴趣的样子。

"你真的很闲。"

话音刚落,杜明哲就听到有人喊他,说公安局来电话了。

第十一章

郑新刚把车停到树下,就看见不远处的宋诚正四下张望,忙按下车窗,喊道:"头儿,这里。"

宋诚走到这辆崭新的白色大众MPV旁,打开车门,坐到了副驾驶位:"换车了?"

"换了,原来那辆报废了。上次追人,半路抛锚,差点误事。"

"那辆车是马队留下的,唉,也好。"宋诚又想起了马小文。

从入职开始,马小文就是宋诚的队长,那时候宋诚还是个毛躁小子,没少给马队惹麻烦。当时他还抱怨,这一辈子都要跟着这么一个队长,该咋活?谁承想,才这么几年的工夫,就发生了那么多事情。半年前,江城接连出现凶杀案,警队成立以马小文为首的专案组。一日,宋诚接到了马小文的电话,电话那头却只传来"好冷"两个字。没过多久,宋诚便从郑新那里得知马小文从一幢烂尾楼的19楼坠亡,而李珊珊则被反绑在19楼的一把椅子上。

郑新看到宋诚发呆,知道他又在想念马队,想出言安慰,却不知道该说什么。每每想起马队,郑新都会不自觉地感到内疚和后怕,在半年前轰动全城的连环凶杀案中,郑新的妻子李珊珊陷入困境,他痛恨自己没有保护好妻子,却要马队用生命去救下她。当时妻子被反绑双手又强作镇定的惊恐模样,总会一遍遍浮现在他的眼前,让他一阵阵后怕,害怕自己会失去这世上最亲近的人。

警方确信马小文和连环杀手有过正面交锋,一度对他的遗言抱有期望,但宋诚却说,他只听到了"好冷"两个字。更为蹊跷的是,在坠楼的第一现场,却没有找到马小文的手机。

此后,凶手消失不见,该案至今没有任何进展。

宋诚将自己从回忆里抽离:"有什么事,非要把我叫到这里?"

"503室的案子破了。"

"哦?和杜明哲没关系吧?"

"有关系。"郑新又摇了摇头,"又没关系。"见宋诚看着他,继续说,"这个案子怪得很,你猜杜明哲背后的老板是谁?"

"谁?"

"死者。"

宋诚一脸的难以置信:"陈大富?"

原来几年前,饿得连饭都吃不饱的陈大富在一家高档商场门口偶遇老相好王红,当时王红拎着好几个奢侈品牌的购物袋上了一辆红色的保时捷跑车。陈大富经过一番打听,得知王红已经结婚，她丈夫是个商人，资产过亿，但为人低调，是个隐形富豪。陈大富找到王红，说要一起开一家足浴场。王红能从普通酒店服务员成为富豪的第二任妻子，自然深知丈夫不会允许自己抛头露面，尤其是经营足浴场这种上不了台面的生意。但在陈大富的要挟下，王红还是拿出了全部的私房钱。

陈大富没有经商能力，足浴场生意每况愈下，他却轻信桥洞下二十块钱一次的算命先生的鬼话，天真地以为只要重新装修就能生意兴隆。二百多万的装修费用吓到了王红，她当场拒绝了陈大富的要求。陈大富以为只要吹吹枕边风就能达到目的，谁知这次王红竟异常坚决，后来他无意中得知王红夫妇正在办理移民，这才明白对方这次为何如此狠心。狗急跳墙的陈大富威胁王红要将两人的苟且之事告知她丈夫，王红本没有在意，但家里却接二连三收到了莫名其妙的电话和信件，谨慎的丈夫还报了警。

让王红决定下手的是她在家里收到的一个包裹，里面竟有她和陈大富的亲密照，这是陈大富对她的最后警告。为稳住陈大富，王红先给了他一笔三十万元的现金，同时偷偷拿着他的身份证在海晨小区租了 11 号楼 503 室，还告诉陈大富，说余下的钱被住在 503 室的闺蜜借走了，但闺蜜最近一直躲着她。王红没有想到的是，陈大富也留有一手，竟决定雇人监视王红闺蜜的家。为避免王红发现，陈大富并没有亲自出面，而是找了一个足浴店的员工，让他悄悄到劳务市场中物色人选，并就此找上了杜明哲。后来，陈大富之所以没有联系杜明哲，竟是因为两个人弄丢了杜明哲的手机号码。

王红前两次出现在 503 室，都是为谋杀陈大富做准备，并决定赶在自己登上赴美班机前动手。但海晨小区要安装摄像头的消息打乱了她的计划，让她不得不提前行动。在王红的安排下，相信她的闺蜜要卷款私逃的陈大富，立刻赶到 503 室，想抢先带走现金。满心欢喜的陈大富没有想到王红竟要对自己下毒手，毫无芥蒂地喝下放了安眠药的饮料。陈大富被杀后，早有预谋的王红将尸体存放在冰柜中后，便逃离了现场。

郑新说："要不是陈大富他们弄丢了杜明哲的电话号码，事情还真不好说。"

两人沉默了一会儿，好像回到多年前一起躲在车里监视嫌疑人的岁月。

"头儿，有件事，我想了想，觉得应该告诉你。"

"嗯。"宋诚看着郑新，已经猜到他要说什么了。

果然，郑新说："陈大富的儿子叫陈子文，是小兰姐救下的其中一个孩子，但他……"

宋诚摆摆手，打断了他的话，说："我知道的。"

郑新愣了一下，刚要出口的话，又憋了回去。

告别前，宋诚再也没有提及陈子文的事情，只是叮嘱："马队的案子，一刻都不能松懈！有任何进展第一时间告诉我。"虽然他心里知道，那起案件因为留下的线索太少，只能被暂时搁置，除非凶手再次犯案。

郑新郑重地点了点头。

建造于新世纪初的小区总会发生图纸设计者无法预料的变化。例如那些有底层独立车库的小区,谁能想到如今小区里车满为患,无处停车,而原本的车库却被另作他用,不是成了网店的仓库,就是租给了小型快递公司,每天货运车来来往往,给小区居民带来了不安定的因素。出租的房东不但没有羞耻之心,反而骄傲于自己的生财有道,完全不顾其他居民的感受。对崇尚建筑美学的设计师而言,这真是莫大的讽刺。

海晨小区中庭有一片开阔的空地。在开发商原先的设计中,这本是一块绿地,但随着时间的流逝,绿地变成了泥地。为提高利用率,物业又把它浇成了水泥地,美其名曰方便社区活动。于是人们总能看到牛奶公司、保险公司、保健品公司在那里插着彩旗,摆着摊,推广各种产品和服务,一副你方唱罢我登场的热闹场景。

此时,"江城市中医院阳光义诊活动华光社区站"的横幅悬挂在海晨小区的中庭空地上,张紫晴和宋诚正站在横幅下,指挥众人布置义诊现场。

江斌和杜明哲也一前一后搬着桌子,帮忙来了。

"还好是晴天。"张紫晴庆幸道。

"这不是托张医生的福吗?"江斌不知什么时候放下桌子,站在了张紫晴和宋诚身后,嬉皮笑脸地说,杜明哲想阻止他都来不及。

"啊?这跟我有什么关系?"张紫晴有些惊讶。

"当然有关系,你名字里不是有个晴字吗?宋主任,你说是不是?"江斌一脸讨好地看着宋诚,宋诚却一言不发地走开了。

杜明哲瞪了一眼江斌:"你在做什么呀!"

"我在帮忙呀。"江斌不以为然,向张紫晴问道,"张医生,你说我是不是在帮忙?"

张紫晴尴尬地点了点头。这次海晨小区的义诊活动是她以市中医院青年社团的名义发起的,从这个角度来说,江斌的确在帮忙。

"你看我没说错吧。"江斌得意地看了下杜明哲,而杜明哲的脸上分明写着"不要惹事"四个字。

很快,空地上便搭建起临时的义诊区域。由中医院中医科、妇产科、疼痛康复科、眼科、皮肤科、口腔科等临床科室组成的青年医师团队开始为华光社区的群众展开医疗服务。

张琼看着人满为患的义诊现场,对李龙光说:"宋主任总算是开窍了。"

李龙光放下手中的相机,凑到张琼身边:"是呀,我得多拍几张,以前咱们搞活动讲什么宇宙、银河,别人每次都是看在礼品的份上才来的,这回总算扬眉吐气了。"

张琼看到宋诚正提着热水壶给医生们倒水,一脸的不可思议:"看到没,咱们主任居然在倒水。"

李龙光转头看去:"是呀!前几天市领导来视察他都没给人家倒水呢。"

医生们坐成一排,他们面前已经排起了长队。宋诚提着水壶走到张紫晴身旁,递过去一次性纸杯,说:"小心点,有些烫。"

冬日暖阳 133

张紫晴抬起头，冲宋诚点点头。

"宋主任真是太体贴了，张医生，你说是不是？"江斌不知又从哪里冒了出来。

张紫晴只能用尴尬的笑容回应。宋诚好像没看到江斌一样，拿起另外一杯水放在旁边男医生的桌子上："辛苦了。"

"张医生，我们宋主任就是人好，如果结婚的话，肯定会是一个好丈夫，好爸爸，真是打着灯笼都找不到的好男人。"江斌自顾自地说着。

宋诚拿杯子的手突然停滞了，耳边仿佛又响起了小兰的声音：

"哎，该怎么办呀，以后我们娘俩该怎么办呀？"清晨，小兰看着赖床的宋诚，笑嘻嘻地说。

宋诚猛地从床上蹦了起来："老婆，你说什么，什么娘俩？"

"我怀孕了。"小兰大声说。

宋诚一下子跳到了地上，双手颤抖地抚摸妻子的肚子，他欣喜地看着妻子，做了敬礼的姿势，语无伦次地说："小兰同志，请你放心，我宋诚肯定会是一个好丈夫，好爸爸！"

好丈夫、好爸爸是他对妻儿的亲口承诺，但结果呢？非但没有做到，连车祸的真正原因都没有弄清楚，更让人难以容忍的是，肇事司机此刻就在他眼前，嬉皮笑脸地拿他和另一个女人开着玩笑，他却什么都做不了。

这是身为一个男人最大的耻辱吧。

纸杯瞬间被捏爆，滚烫的热水迸射而出，烫红了他的手，宋诚却浑然不知。

张紫晴惊慌失措地站起身，不顾身后倒地的椅子，急忙用袖口为宋诚擦拭。但当她想取走纸杯时，却发现杯子被宋诚捏得紧紧的，根本拿不出来。

宋诚恶狼般狠狠盯着江斌，好像这个世界只剩下他和江斌，全然不管旁人诧异的目光。

江斌被盯得发怵，本能地想要逃离，身体却像陷入泥淖，根本动弹不得。

他终于感到了害怕。

杜明哲见状，立马上前，攥起江斌的衣领，使劲往外拉。

张紫晴也感到气氛不对劲，她走到宋诚面前，挡住了他盯着江斌的目光，拉起他的手："快去擦点药！"

不料，宋诚却甩开了她的手，转过身扬长而去。

被杜明哲拉到家里，江斌一屁股坐到了沙发上，双目空洞地看着前方。宋诚那凶狠的目光一直在他脑海里盘旋。这让他烦躁不安，甚至是恐惧，当然还有那么点委屈，他一心想讨好宋主任，虽说做法是有些奇怪，但也不至于被这么对待……各种念头让他烦躁不安。

杜明哲走进厨房，为江斌倒了一杯水。他多次提醒江斌不要掺和宋主任的私事，尤其男女之间的私事，换作任何一个人都会生气，今天算是江斌咎由自取，但宋主任好像也有点反应过大，他怎么了？

江斌从杜明哲手中接过杯子，喝了一口，突然炸雷般吼了起来:"为什么不是冰水,我要冰的,我要透心凉的!"

"砰"的一声,玻璃杯被江斌重重砸在地上。

杜明哲看着满地的玻璃碎片,一拳打在江斌的脸上:"发什么神经!"

"你打我?"话音未落,江斌的拳头已经到了杜明哲眼前。

杜明哲按住江斌的拳头,盯着他的眼睛说道:"你总自以为是地说些莫名其妙的话,油腔滑调,不分轻重,不分场合。"

江斌面容扭曲,恨恨地看着杜明哲,突然笑了:"你这个山沟里出来的穷小子,读过什么书?说几句四个字四个字的词语就觉得自己很厉害吗?你这个土包子。"

话还没说完,江斌就被杜明哲甩到了沙发旁,玻璃碎片扎进了他的手掌,血流了出来。江斌看了一眼手上的血,又笑了:"我就是这么一个讨厌的人,就喜欢说些不着边际、油腔滑调的话,我要你管?你滚,你给我滚出去!"他边说,边把杜明哲往门边推,嘴里还大声嚷着,"我没有工作,没有朋友,没有人关心我,我就是这么的讨厌!"

看着自己崭新的保安制服沾上了血印,杜明哲很是生气:"你发什么狠!至少你还有你爸你妈。"

"我爸我妈?"江斌大笑起来,全身却不停颤抖,眼看就要跌倒。杜明哲下意识地去扶他,却被推倒在地,手掌也被碎玻璃割破。江斌抱歉地看着杜明哲,想说声对不起,可杜明哲已冲出了房门。他听着楼道上的脚步声渐渐远去,一下子跌坐在地板上。

杜明哲冲出楼道,经过中庭时,被张紫晴叫住。她看到杜明哲手上的血，忙从旁边医生那里拿来卫生棉、消毒水帮他擦拭："怎么了？"

"不小心弄的，谢谢张医生。"

张紫晴犹豫了下："小杜，你可以帮我去看下宋主任吗？他回家了。我有些不放心。"

"回家了？"

"对！"张紫晴着急地说，"这是他家地址，我刚问来的。"

难道江斌那小子说的是真的，张医生的确喜欢宋主任？随后，他又想起那个下雪之夜，宋诚面色阴冷，如同被人下了魔咒般走进9号楼的楼道。

宋主任是个好人，可为什么会变得如此恐怖，如此狰狞？他和江斌又是什么关系？杜明哲一边胡思乱想着，一边朝张紫晴点了点头。

宋诚一个人木然地站在浴室透明的淋浴房内。

散发着寒气的自来水从花洒中喷射而出，笼罩他的全身，他却感受不到丝毫的冰冷。

宋诚重重敲了一拳墙壁，发出一声怒吼，为什么？为什么要遇到毫无忏悔之心的江斌！且不说他是否用特殊手段逃避了法律的严惩，光是这番油腔滑调就让人厌恶。

不想再看到他！再也不想！

宋诚发出低沉的嘶吼声，他慢慢蹲下身，紧紧抱住自己的双腿，看着水打着漩涡流进了下水道。他哭了，先是低声啜泣，最后实在抑制不住，开始放声大哭。

为什么会这么懦弱？身为人夫，身为人父，为什么连给肇事者一拳的勇气都没有？为什么？为什么！为什么……

陈子文，同样不学无术，像寄生虫般活着。

小兰，如果你早一些知道陈子文现在的样子，还会用生命去救他吗？

你后悔吗？

不知过了多久，他打了个喷嚏，慢慢回过神来。

咚咚咚，一阵急促的敲门声从客厅传到浴室。

宋诚穿上衣服，快步走向客厅，只听敲门声越来越剧烈，越来越密集。

宋诚打开门，不想站在外面的竟是杜明哲："你怎么来了？"

"张医生让我来看看你。"

"快进来。"

宋诚从沙发上捧起衣服，留出空地招呼杜明哲坐下，随后又给他倒了水。见宋诚虽然眼睛泛红，可情绪并无异样，杜明哲心中的大石头终于落地，起身说："我走了。"

宋诚收回准备去打开冰箱的手，诧异地问："刚来就要走？"

"张医生很担心你，地址是她告诉我的。"说话间，杜明哲已经弯腰穿起了鞋子。

"哦。"宋诚想到家里还有一盒北京朋友带来的糕点，忙道："你等下。"

杜明哲穿好鞋，无意间瞥见边柜上的快递单，全身像是被电击一般颤抖着,全然没有留意宋诚已回到他身边,将一盒糕点塞到他手上。

"我一个人吃不完,你给老高拿点过去。"

第十二章

　　高老头已经在家待了一个月,虽说这有悖于一个"社区主任"的职责,但好在他善于自我安慰,将待在家里这段时间视为疗养,并决定利用眼下的空闲多多思考,该如何提升自己管理社区的能力。昨天他看到一条老干部到北戴河疗养的新闻,觉得这个词简直就是为他量身定做的。想到这里,高老头便心安理得地躺在床上,看起了电视剧。这是一部热门的家庭伦理剧,三十出头的女儿正和父亲争吵着,原因是父母从小"重男轻女",把好的东西都给了哥哥,现在反而要求她来照顾父亲。

　　"什么女儿,养这么大还和老子吵架。"嘀咕完,高老头想到了一件"可怕"的事——他竟然也有些害怕杜明哲会跟自己争吵。

　　这个发现让他火冒三丈。

　　臭小子,住我的房子,我为什么要怕他?

　　这小子才十八岁,见过的人都没我教育过的人多,我干吗要怕他?

真是搞笑,我怎么会有这样的念头。更奇怪的是,这个小子在外面冷如冰山,在家里就变成了话痨。

这不,高老头又想起了今天中午发生的事:

那时候,杜明哲买完午饭回到家里,刚开门就看到高老头挂着拐杖在客厅里走来走去,他就说:"老高,你这个腿不能动,要不然,又得多绑几天了。"

吃饭时,杜明哲看到放在餐桌上的月饼少了几个,又说:"老高,你怎么又偷吃月饼?早就过期了,就算不过期,也不能一下子吃三个。"说完,他就把剩下的月饼扔了,全然不顾这是高老头最爱的咸蛋黄口味。等杜明哲吃完饭去上班了,高老头拿着扫帚,看着垃圾桶里的咸蛋黄口味月饼暗暗发誓:等我腿好了,一定要把这小子扫地出门。

正想着,电视剧已播完了一集,高老头觉得腿好得差不多了,便迫不及待地撕去绷带,然后小心翼翼迈出第一步。接着是一步又一步……

一点都不疼,真的可以走了。他兴奋得想多走几步。

"咣当"一声,门开了,吓得高老头像个做错事的孩子一样,立刻坐回床上,还不忘用被子遮住双腿,装作一直在看电视。碰巧,电视剧开始演下一集了,那个爱吵架的女儿让父亲不要信任新来的保姆,免得被骗。

"真是不孝。"高老头瞅向客厅,看到杜明哲拿起水杯大口喝完水,头也不回地出了门。

"真把这里当旅馆了？"高老头用力扯开被子，露出大腿，"小兔崽子，都不来看下我，万一我出点事，那该咋办？"

高老头不得不承认，他有时会有些矫情。有人管的时候想要自由，没人管了又希望可以被人管着。随着年龄的增加，他愈加想有一个家，虽然他曾经有过家庭，还有过一个儿子。

什么狗屁儿子，那能叫儿子吗？

这么多年过去了，他还是不能原谅那个自命不凡的女人：不但背着他出轨，还生了一个野种。幸亏他聪明，知道及时止损，否则要当一辈子的冤大头了。

为什么要去回忆这些？真是疯了，是不是腿好了，脑子就开始不正常了？高老头愤愤地想，连丢弃在地上的绷带都觉得碍眼。他拿起剪刀，捡起绷带，将它剪得粉碎后扔入了垃圾桶："让你们害我出不了门。"

随即，高老头做了一个决定：现在就要出去走走，呼吸呼吸新鲜空气。他打开门，仰起头，挺起胸，迈出这一个月以来在屋外的第一步。记得年轻时，他在黑白电视机上看到过一个叫阿姆斯特朗的美国人登上月球，那个人说，"这是我个人的一小步，却是人类的一大步"。高老头此时也有这种豪迈的快乐。

他锁好门转身，旁边的电梯门也开了，里面走出一个又高又瘦的老头。

竟然是刘老头！真是冤家路窄。

"哦？这不是老高吗？腿好了呀？我还以为瘸了呢！"刘老头朝地上吐出一个话梅核。

高老头怒不可遏,就在他决定开口教育对方时,却见那刘老头弯下腰,把话梅核扔进了垃圾桶,还嬉皮笑脸地说:"不麻烦你开口,我觉悟可高了。"

"狗改不了吃屎。"高老头低声说,但他确定刘老头肯定能听到。

"老高,你都不知道,没有你的日子里,我多担心你呀。"刘老头盯着高老头的腿,在他身边转了一圈。

高老头气得咬牙切齿:"演,继续演。"

"我担心咱小区要是没了你,就要被垃圾塞满了,毕竟你为了小区,得罪了所有人。可谁能想到,小区没有你,不但没发生啥事,还好得不得了。"说完,整个楼道都回荡着他的笑声。

"小区没问题吗?哼!只是你这种人发现不了而已。"高老头抬起头轻蔑地看着比他高出一个头的刘老头。

"你以为这么说说就能唬住我吗?只有杜明哲那个傻小子才会相信你。"刘老头被说得有些心虚,故意提高了音量,起码气势上不能输。

高老头毫不示弱地回击:"只有江斌那个二愣子才会相信你!"

"我告诉你,江斌不是二愣子,他是个好孩子!"刘老头真的生气了。

"好孩子!"高老头别有意味地笑了笑,头也不回地走了,但脑子里一直回想着刘老头刚才的话。

说什么笑话,没有我老高的海晨小区怎么可能正常运转?高老头嘴里念念叨叨,眼睛可没闲着,像老鹰一般机警地观察着一切。让他大失所望的是，快溜达一个小时了，除了纠正一辆乱停放的电瓶车，小区还真处于正常状态。

怎么可能？不可能的，我老高是小区里最重要的人！他决定去楼道里瞧瞧，毕竟那里向来是问题的高发地。为了图方便，不少业主直接将杂物、鞋架放在自家门口，这不但影响美观，还有安全隐患。他从一楼走到五楼，让人意外的是，每一层楼道都收拾得干干净净。

难不成，刘老头的话是真的？就在高老头自我怀疑时，一个拎着垃圾袋的大妈出了门，她曾因乱扔垃圾和高老头吵过架。果然，大妈瞥了他一眼，满是嫌弃："不是说你腿骨断了，差点瘫痪吗？"

高老头按捺住不快，耐着性子说："不错，你们楼道很干净，看来以前我宣传到位了。"

大妈把垃圾袋重重放在地上，双手叉腰："别给自己脸上贴金了，因为要消防安全大检查。"

"你们要是乱放东西，我可饶不了你们。"高老头转身就往楼道走去，后面传来大妈的大嗓门："你这个高老头，到底是希望小区干净，还是给自己找存在感呀？"

出师不利的高老头依旧不死心，像中了魔咒一般，不断重复着："一定会找到问题的，没有我老高，海晨小区怎么可能正常运转？绝对不可能的。"

不知不觉中，他走得累了，靠在草地上的向日葵公益箱旁。他望着熟悉的小区，却感到了陌生，才一个月的工夫，怎么一切都变了？看起来这个小区已经不再需要他了。就在这时，从向日葵公益箱背后传来一个男人的抱怨声。瞬间，高老头的眼睛亮了起来。

宋诚在迷迷糊糊中醒来。天已经亮了，但他依然记得昨晚所做的那个决定：他要辞职。

骑着车的宋诚，穿梭在江城老城区的巷子里。

冬日的清晨，人们都习惯于晚起，街道显得空空荡荡。不远处一个卖鸡蛋灌饼的男人站在角落里等待顾客，并不时活动身子来驱赶寒意。

自行车在鸡蛋灌饼摊边停下，宋诚下了车，见那男人年约四十，其貌不扬，但一双手却很是干净，台面上的鸡蛋、面粉、食用油等都放得整整齐齐。

"来个鸡蛋灌饼，不要葱，不要香菜。"

"好嘞，要辣吗？"男人熟练地将面糊浇在铁板上。"呲"的一声，瞬间腾起一股热气，带着面粉特有的清香。

"不要辣。你觉得生活辛苦吗？"

"什么？"男人对这个问题毫无准备，手停滞了一下，抬头看了一眼宋诚。

"没什么，我随便说说的。"宋诚也觉得自己很奇怪，怎么对陌生人问出这种问题。

男人"嘿嘿"一笑，看着宋诚说："你是第一个这样问我的。"但他手上并没有停，正一点点将那团面糊摊平。

宋诚尴尬地笑了笑。

男人单手拿起鸡蛋，与铁板碰撞后，蛋壳破裂，蛋液倾倒在面饼上，面香和着鸡蛋的香气钻进宋诚的鼻子里。待蛋液成型，男人迅速刷好酱料，铲起面饼，将滚热的鸡蛋饼放入包装纸中。

宋诚付好钱，男人从旁边拿起一串香干，放入袋中："尝尝这个，我老婆做的，请你。"

宋诚一愣，随后冲他点头微笑。

"生活没什么大不了的。你看我，虽然辛苦，也担心被城管赶来赶去，但只要不偷懒，一天也能赚个三四百块钱。"男人认真地说，"我儿子四岁多了，还不会说话，但他很乖，我这辈子最大的梦想就是盘个店面，把手艺教给他，就算他不会说话，也能安稳过一辈子。我也就能放心了。"说完他又笑了，一抹朝阳洒在他的脸上。

宋诚没有回头，跨上自行车，背对着那男人，高高举起鸡蛋饼，大声说："谢了！"

"走好！"

黑色的凤凰牌自行车一路向前。

天光大亮，街上的人也越来越多。有人在晨跑，有人正提着早点匆匆往家里赶，也有人催着孩子赶快上车，不要迟到……

宋诚踩住刹车，在一个十字路口停下。他身旁是个骑电瓶车的男人，那男人戴着头盔，与宋诚年龄相仿。他松弛的眼袋，纵横交错的皱纹，在冬日寒冷的清晨显得尤为明显。宋诚此刻虽然看不到自己的样子，但觉得应该也和那男人相差无几。时间过得如此之快，让人猝不及防。大学毕业的场景历历在目，但转眼间，十几年就过去了。

宋诚二十四岁警校毕业后进入江城刑警大队，因侦破了不少大案而晋升为刑警队长。他本以为这样的生活会持续到退休，或是戛然而止于意外殉职。可去年那场事故后，他却不得不离开警队，调职到华光社区做副主任。他一度很喜欢社区工作的琐碎和机械，可以让他保持专注力，远离胡思乱想，可现在他却感受到了极大的压抑。除了选择离开，找不到任何的解决方法。

难道是因为江斌的出现？

绿灯亮了，宋诚顺着车流而出，坐在电瓶车上的男人早已扬长而去。

不，不仅仅是因为江斌。不得不承认，很多次，宋诚试图将自己从那场意外后的迷失中解救出来，像电影里的主人公一样，被扔下冰天雪地的悬崖后，仍能利用一根细绳获救。只需克服心中恐惧，顺着细绳，一步步攀爬，就能走出绝境。

对他而言，平静的社区工作就是这根能带他走出绝境的细绳。显然，它完成了自己的使命。

是时候说再见了。

自行车刚刚驶入海晨小区，后座就被人拉住了。宋诚一回头，是好久不见的高老头，便下了车，高兴地问候道："老高，你腿好了？"

"宋主任，我是来投诉的。"

"投诉？"宋诚从车篮里拿出鸡蛋灌饼。

高老头认真地说："没错。"

宋诚微微一笑："张琼、李龙光他们应该已经到了，你跟他们说吧。"

高老头是出了名的爱投诉。无论是住户、物业公司还是社区工作人员都被他投诉过。记得上次，李龙光被高老头投诉的事情惹得张琼狂笑不止，当时李龙光发狠说："如果还有人没被高老头投诉过，说明那个人就是一个彻头彻尾的庸人。"他的话音刚落，所有人都齐刷刷地看向了宋诚……

高老头并没有理会宋诚的话，而是跟着他进了办公室，随后关上门，压低声音说："宋主任，这事只能找你。"

宋诚拿起热水壶，将昨天剩下的水倒进杯子里，随口应了一声。

"虽然你以前对社区里的事都不理不睬，也没见你做过对社区有贡献的事，但我相信，只要涉及金钱，你肯定是不会犯错的。"

这是在表扬自己吗？听着像那么回事，好像又不是。最重要的是自己已经决定辞职了，这件事还是留给其他人来处理吧，宋诚仍旧挥了挥手说："你还是去找张琼他们吧。"

"你真的不管吗？"

"宋主任说不管这件事。"高老头气愤地说。

"那你叫我干啥？"刘老头一边说，一边摇晃着锈迹斑驳的健身器材。

十分钟前，两个人在小区中庭相遇，本以为又是一场恶战，不料高老头竟主动递上一根烟。这真是个让人惊掉下巴的举动，刘老头一时摸不着头脑，就稀里糊涂地被带到了这里——小区西北角的露天健身区。

"你不知道我为什么要找你？"高老头反问道。

刘老头摇摇头，心想，这家伙是不是把脑子也摔坏了？腿好了之后，说话做事都有些奇怪。

"还不是因为觉得你很有些水平。"高老头瞥了他一眼说道。

"高老头，你到底想说什么？"刘老头简直要跳起来了。高老头用一根烟把自己带到这么偏僻的角落，还一直给自己戴高帽子……任谁都看得出，这高帽子可不是高老头心甘情愿给的，即便不看他的脸色，光是听他阴阳怪气的说话声就知道了。

"你想想看，我这么厉害的人，和你对抗这些年也没占到上风，只比你强一点点，这不是说明你也很厉害吗？"

总算有些正常了。刘老头把烟扔在地上，狠狠地踩灭，真不该吸这个老家伙的烟，果然狗嘴里吐不出象牙。

"你活了这么一大把年纪，怎么连最基本的素质都没有，烟头能……"高老头的话还没说完，身后就传来了江斌的声音："高老头，你鬼鬼祟祟地叫了老刘，到底有什么事？"

刘老头回头看到杜明哲和江斌，便问江斌："你怎么也来了？"

江斌指着杜明哲说："还不是被他的好室友叫来的。"

"你到底有什么事？"刘老头再次把怒气撒向了高老头。

"那你先把烟头捡起来。"高老头指着地上的烟头说。

"你，你……"刘老头想到高老头不见黄河心不死的个性，

冬日暖阳 149

不得不弯下腰捡起了烟头,"好,看在你大病初愈的分上,给你这个面子。"

"有什么事说吧。"杜明哲开了口。

高老头故作神秘地说:"你们凑过来。"

其他三个人的脸上都写满了抗拒,但瞬间的眼神交流后,还是不情愿地凑了过去。

明明除了他们四个,就没旁人了,但高老头还是故意压低声音说:"向日葵旧衣服公益是一个骗局。"

"什么'向日葵公益',你在说些什么?"刘老头可没啥耐心。

"咱小区多了一个向日葵造型的公益箱,说可以把旧衣服放在那里,有人定期来收,他们洗干净后会免费发放给有需要的人。"高老头解释道。

"这不是很好吗?你整那么多事干吗?"刘老头反驳道。

"怎么,"江斌白了一眼高老头,"现在连慈善项目都不放过了?"

"你们能听我说完吗?"高老头从来都不喜欢被人否定,哪怕错的是他自己,"昨天我看到一个胖子开着辆破面包车,在向日葵那里取衣服,胖子很嫌弃地说,这破小区怎么连件名牌的衣服都没有。"

江斌和刘老头满是鄙夷地斜眼看着高老头,惹得高老头大喊大叫:"难道你们听不出问题吗?"

"听不出。"江斌斩钉截铁地说。

"我也听不出,你就继续瞎想吧。"说完,刘老头就要拉着江斌一起离开。

杜明哲却突然开口说道:"如果他真的是做公益,就不会计较衣服是不是名牌,接受捐赠的人也不会在乎这些,他们只是希望能有一件干净的、能过冬的衣服。"

"你们还真是一对好室友。"刘老头站住,看了一眼杜明哲和高老头,冷笑道,"老的异想天开,小的说得好像真的一样。"

江斌也想了想,说:"可能真的有问题。"

"就是有问题,但我早上想跟宋主任说,他却让我去找张琼、李龙光。"

"没错,有问题你找张琼他们就好了,找我们算什么事,我可不想拿什么优秀市民奖。"刘老头想赶紧撇清关系,离开这个让他浑身不自在的地方。

"可是宋主任不相信嘛!"高老头倔强地重复着。

杜明哲插话道:"老高,你是不是有什么顾虑?"

高老头点点头:"如果这是骗局,那说不定有内应,我冒冒失失去反映,不是打草惊蛇了吗?"

刘老头嘲笑道:"你不是已经找了宋主任?"

"宋主任不一样。"高老头和杜明哲异口同声道。

"能有什么不一样,有问题的人都特别会伪装。那个正阳中学校长被抓走前还是道德楷模呢。人长得和蔼可亲,天天顶着一头看上去三四天没洗的头发,一大早推着一辆旧自行车在学校里晃荡。你说这年头谁还骑自行车?哦,还是辆女式自行车。"刘老头愤愤不平地说。毕竟几年前,《江城晚报》发起过最美校长的评选，刘老头为了一台微波炉的奖品还给这个校长投过票呢。谁知结果如此让人失望，当然让他失望的不是校长的人品，而是那台据说是日本原装进口的松下微波炉被别人拿走了。肯定有人作弊，为了那个奖品，他都偷了好几个邻居家信报箱里的投票单。

"不说这些了，宋主任不管这件事，我们只能自己想办法。"高老头说出了想法。

"你还真把自己当社区主任了？把情况反映给张琼就好了，犯得着这么麻烦吗？"江斌一脸不屑地看着高老头，"你来管，你以什么名义来管，谁给了你这样的权力？还有，我们为什么要听你的安排？"

"没错，你以为你是谁，我们为什么要听你的安排？"刘老头重复了一遍。

高老头张开嘴想辩解，却说不出一个字，好在杜明哲再次支持了他："我想和老高一起调查。"随后他看着不以为然的刘老头说，"老刘，我知道你和老高互相看不上……"

还没等他说完，两个老头几乎同时否认：

"我没有。"

"才不是。"

杜明哲继续说："我们绝大多数人都能从帮助别人的过程中获得幸福感，但如果发现自己的爱心被人利用了，那以后就不敢做善事了，即便做了，心里还在嘀咕，会不会再次被利用，会不会做了好事还被人说成是'傻子'。如果这次能揪出别有用心的人，一定会给大家带来再次帮助别人的勇气。"

江斌第一次听杜明哲说那么多话，用胳膊肘顶了他一下："奇怪，你这小子怎么那么上心？"

"那好吧，我也同意，不过事先声明，我完全是因为小杜才加入的。"刘老头耸了耸肩，冲高老头喊，"不是因为你这个糟老头。"

第十三章

　　一家五星级酒店自助餐厅的中央舞台，一个微胖长发的女孩在乐队的伴奏下，正动情歌唱。她低眉浅笑，身子随着音乐的节拍摇摆舞动，歌声悠扬婉转。食客们或安静地取餐，或小声地交谈。突然，"海豚音"响彻整个餐厅。人们纷纷抬头望向女孩，难以想象，那么娇小的身子竟有如此大的爆发力，纷纷称赞她的"海豚音"并不亚于某位知名女歌手。

　　随着歌声，张琼不自觉哼唱了几句，在自助吧台前冲泡好咖啡后拿了一包"餐侣糖"，吸引她的是上面写着的"无糖型餐桌甜味料"几个字。前几天晚上，老公捏着她的肚子说，他从小就幻想可以天天抱着游泳圈睡觉，没想到现在居然实现了。为此，张琼立志要减肥，最近每一餐都是西蓝花加黄瓜，可谁能想到今天下班前宋主任竟说要请他们吃自助餐。当时她和李龙光面面相觑，怀疑自己在做梦。

真是一次匪夷所思的请客吃饭,应该用莫名其妙这个词才对。

"你疯了吗?"张琼回到座位,却听李龙光突然冲着对面的宋诚喊了一句,吓得她差点没拿稳咖啡。

"你疯了吗!"张琼没好气地顶了一句。

"张琼,宋主任说要辞职。"李龙光把小眼睛瞪得大大的。

张琼愣了一下,伸手去摸宋诚的额头:"啥,辞职?宋主任你没发烧吧?"

宋诚看到坐他对面的张琼、李龙光一副舍不得他离开的神情,觉得把辞职的消息第一个告诉他们是对的。他们虽不像郑新和李珊珊那样和他出生入死过,拥有发自内心的信任和亲密,但他们善良、朴实,会默默地关心着宋诚,那些贴心的举动在事后总让他倍感温暖。据说这个世界最伤人的不是一拳一脚的直接伤害,而是来自间接伤害,尤其是熟人之间的。如果他们最后是从其他人口中得知他要辞职的消息,那该多失望,毕竟他们在工作上和宋诚走得最近。若是到最后,让两个人误以为自己根本没把他们当回事,该多么伤心。

"我想换一个环境。"对宋诚而言,这个解释不算是敷衍。

"每年有多少人想成为公务员呀!"

"现在很多热门岗位都是好几十个人竞争一个呢,更何况你都到了领导级别。"

宋诚认真地看着对面的两人,然后笑着低下头。过了一会儿,他举起盛满冰镇可乐的酒杯,郑重地说:"我已经决定了。谢谢你们这半年对我的配合和包容。"

张琼和李龙光互相看了看，颇为无奈地举起了酒杯。三个人怀着不同的心思，一饮而尽。

"我们还以为你最近变了，都挺高兴的。"张琼有些惆怅。

"怎么也想不到是你要辞职。"李龙光又喝了一杯。

宋诚岔开话题："张琼，老高找你了吗？"

"没，他不会腿刚好，就又来投诉了吧？"

"肯定是这样，这段时间憋坏了他，要集中火力发泄下。"李龙光的话逗笑了两人，他又倒了一杯，脸上微微泛红，问道："宋主任，我、我一直都想问你，你有家庭吗？"

"有。"

"哦？怎么从来没听你说起过老婆和孩子？"

张琼想阻止都来不及，抱怨道："小眼李，胖子李，你又喝多了是不是？"

宋诚抬起头，看着周围忙碌的食客，原来在不知不觉中，他已经能坦然面对这个问题了："他们都不在了。"

李龙光的酒劲瞬间没了，他看向张琼，却在她眼里看到了责备。

"已经过去很久了。"宋诚淡淡一笑，"我原来是个警察，一年前，我老婆在一场车祸里去世了，当时她还怀着孕。"

张琼和李龙光放下了手中的杯子，吃惊地看着他，他们听说过那个新闻。

宋诚又喝了一口可乐，凉凉的，很舒服："那天，我在长安南路上看到了很多血，是我老婆和孩子的，后来又因为一些原因，我辞掉了警察的工作。"

此后，张琼想说些好玩的事，却连她自己都笑不出来，反倒是李龙光又喝了不少酒，整张脸血红血红的。八点过后，张琼的老公结束应酬顺路来接她，又将李龙光扶到了宋诚银色速腾车的后排。

与张琼他们挥手告别后，宋诚打着方向盘，驶出地下停车场。路灯、霓虹灯、LED广告牌的灯光依次透过车窗照射进来。他有意放慢了速度，发现这个城市已经和记忆中不一样了。新的广场开业了，很多沿街店铺换了招牌，马路也宽了不少，隔离带都种上了花花草草，原本有些脏乱的街角也焕然一新……

才一年的工夫，熟悉的城市便散发出新的味道。

车行进至十字路口，红灯亮起。宋诚停车等待，转过头，看到那家古朴典雅的宝珀腕表店依旧伫立在繁华的步行街街角。一对年轻的恋人正站在橱窗前，欣赏着里面的腕表。

宋诚嘴角微微一动。多年前，他和小兰也曾在那儿驻足：

那是一个周五的晚上。

宋诚大踏步从电影院的楼梯上走了下来。小兰追在他身后，眼看他越走越快，大声喊道："喂，宋诚，你不要走得那么快！我跟不上了！"

宋诚依旧疾步向前，但走到电影院门口时，却突然站住了。外面竟然下起了雪。那漫天飞舞的雪花，好似白色的花瓣。在观影短短的两个小时里，地上已铺了一层厚厚的积雪，整个城市都被这幸福的白色所包围。

小兰走到他身后，露出孩童般的笑容："下雪了。"说着，她绕过宋诚，走到台阶处，伸出手，几片雪花落在她的手心。她如获至宝般小心翼翼地捧着，转过身，对宋诚说："对不起，是我不好，骗你说是一部灾难片，这个雪花就当是赔罪吧。"

奇怪的是，宋诚又转了个身，再次背对着她。小兰面露疑惑，突然一个跨步到了宋诚前面，看到他眼角正挂着泪水。

"哈哈，我还以为你在生我的气呢，原来是这样。"小兰看到宋诚正狠狠地盯着她，强忍着不笑，"好了，好了，算我的错。"她摊开手心，雪花已融化成水。小兰转头看到旁边有卖意大利冰淇淋球的，丢下一句"我请你吃冰淇淋"后就跑了过去。

太丢人了，一个大男人看电影居然会哭！宋诚假装打了个喷嚏，趁机擦去眼泪。

很快，小兰拿着两盒冰淇淋球回来，将绿色的递给他，自己留下了粉色的。

"我还以为就我一个人哭了呢！"小兰舔了一口冰淇淋，发现里面竟然还有小块的草莓果肉，她不经意间撞上了宋诚正瞪着她的眼神，忙改口说，"这部爱情片真的太感人了。"

两人走下台阶，鹅毛大雪扑面而来，不一会儿的工夫，他们的身上、脸上、头发上都挂满了雪花。踏着洁白的积雪，两人咬着冰淇淋一步步向前走，身后留下了一串长长的脚印。

"你是第一次下雪天吃冰淇淋吗？"小兰问。

宋诚点了点头，但并未停下脚步，行至街角时，他突然听到小兰说："宋诚，我们在一起吧！"

"你说什么？"他诧异地抬起头。

"和我恋爱吧。"没有一丝的羞涩，小兰笑着说。

宋诚慌忙转过头，他完全没有预料过这番情景，难怪昨天郑新和李珊珊听到小兰约自己逛街，都露出了不可言说的坏笑。

"喂，宋诚，你想不答应吗？你说你上哪儿去找我这么好的姑娘？"

宋诚嘴巴动了动，但一个字都说不出来，他感到口干舌燥，好在身旁有家腕表店，他只能假装看着橱窗里的一块表。谁知，小兰也把脸凑到橱窗前，盯着那块表说："这表真奇怪，上面有星星，有月亮，怎么还有半张笑脸？"然后侧过头，看着宋诚说，"宋诚，你说这笑脸像不像你，傻萌傻萌的。"

宋诚转过头，本想给她一个警告的眼神，却不料小兰伸出手，在他嘴角轻轻抹了一把。触电般，他怔住了，仿佛一阵暖风拂过他的脸。

"你怎么吃得像个孩子一样，满嘴都是冰淇淋。"

宋诚全身发颤，内心如同岩浆迸发。那岩浆来得毫无征兆，又势不可挡，顷刻间冲出了火山，向四周奔涌而去。他见小兰正专心看着橱窗里的表，心想，她会不会也只是在假装看表，实际上内心早就充满了不安和忐忑？他几次想开口，但这句简单的话却哽在了喉咙里。

两人一动不动地僵持在橱窗前，秒针在表盘上一格格地走动，他们的心也"扑通扑通"地跳着。

就在此时，手表上的笑脸转动了，变成了一张完整的笑脸。

冬日暖阳 159

小兰欣喜地转过头,想要跟宋诚分享此时的愉悦,却看到他正盯着自己。

"好,我,我们在一起吧。"宋诚结结巴巴地说。

他刚说完,小兰整个人就扑了上去。他的手犹豫了下,也紧紧地抱住了她。

那表上的笑脸似乎也正对着他微笑。

…………

"嘟嘟",后面的汽车按了喇叭,原来绿灯了。

宋诚赶忙启动车子,穿过十字路口,他用余光瞥了一眼宝珀腕表店,那对情侣已经不见了。

"宋主任,这几年过得很辛苦吧?"坐在车后座的李龙光突然说了一句。

宋诚从后视镜里看向他,却见他依旧闭着眼睛,还没醒。

"宋主任,你过得很辛苦吧?宋主任,对不起呀,我和张琼还经常在背后说你坏话,虽然张琼说得更多。"后排又传来低低的酣睡声。

"没事的,谢谢你们。"

一辆破旧的面包车在马路上忽左忽右,不断超车,惹得与他同行的汽车狂按喇叭。开车的是一个胖子,一手握着方向盘,一手捏着已经燃掉半截的香烟。车厢内烟雾缭绕,车后的"老陈废品回收"几个字已褪色不少。

在一个十字路口,胖子要右拐,可前面那辆车不知道出了什么问题，竟然在拐弯处停了下来。胖子使劲按着喇叭，但前车不为所动。

胖子骂骂咧咧地下了车，走上前拍了拍前车的后备厢，不拍不要紧，那车竟像突然被打开了开关一般，猛地蹿了出去。"真是欠揍。"胖子骂了一句，转身时又看到一辆崭新的奔驰车停在面包车后面，对着他狂按喇叭。胖子暴躁地冲到 SUV 的挡风玻璃前吼道："吵什么吵？有本事飞过去呀！"见胖子这么蛮横，后车马上没了动静。

"孬种！"胖子轻蔑地看了一眼奔驰车里穿得一丝不苟的男人，坐回车里。几分钟后，面包车到了海晨小区大门处。以往会自动升起的门禁栏杆今天却纹丝不动，反倒是岗亭里走出一个上了年纪的保安，他拿着本子客气地对胖子强调，现在的外来车辆都需要专门登记。

杜明哲坐在岗亭里，看到胖子来了，立刻拿起手机分别给江斌和高老头发了条信息。

"以前都不用登记的，现在怎么要登记了，看我好欺负吗？"胖子摇下车窗，说得脸上横肉抖动，唾沫横飞。

老保安满脸堆笑："师傅，请您配合我们的工作，现在上面要求都要登记的。"

"你是公安吗，还要身份证？"胖子把手刹挂在空挡，脚踩油门，排气管发出震耳的轰轰声，"也不撒泡尿照照，快让我进去。"

杜明哲走出岗亭，对老保安做了一个"由我来处理"的手势。老保安不安地回到岗亭内，却见杜明哲丝毫没有理睬胖子的意思，

冬日暖阳　161

甚至都没看他一眼,就站在岗亭上,一动不动,全然不顾越来越响的轰鸣声。

胖子探出头,指着杜明哲,气急败坏地说:"换个年轻的我就会怕你?小心我投诉你去!"他刚说完,就感到有个东西飞到了身上,拿起一看,居然是眼前少年的保安工作证。

"你、你什么意思?"

"不是要投诉吗?"

胖子熄了火,拿着工作证,从车里跳下来,一踏步靠近杜明哲:"好、好、好,你叫杜明哲是吧,我就把车停在这里了,不开了。"摆出一副就要离开的样子。

老保安屁股还没坐热,又跑了出来,央求道:"师傅,您这样堵住路口,我们会被扣工资的,请配合我们的工作。"

"那就放老子进去。"胖子眼角露出一抹笑意,得意地看着杜明哲。

收到短信的江斌也走到了岗亭,看到眼前的场面,旋即明白发生了什么。江斌敲了敲已经掉了大半油漆的面包车,戏谑地说:"哪个不长眼的把车停在这里?还让不让别人过?"

"你谁呀,小心我投诉你!"胖子冲江斌吼道。

"你要投诉我?"江斌装得很害怕的样子。

"怕了吧?还不快放老子进去!"胖子扯着嗓子喊。

江斌冷哼一声:"那你还是去投诉吧。不过你得先帮我找个工作,否则可没单位让你去闹。"江斌看了一眼车后面的几个字,低声念道,"老陈废品回收,不错,朝阳产业呀,要不把我也收到你们公司吧?"

"你不是物业?那关你屁事。"胖子用恶狠狠的眼神吓唬江斌。谁知江斌马上掏出了手机,还是个最新款的苹果手机,胖子打量着这个一身名牌的年轻人,有些心虚地说:"你、你打什么电话?"

"报警呀,不报警怎么知道你是不是咱们小区的住户,有没有企图?对了,你这破车是单位的吧,顺便看看你们单位是真是假。要知道,现在胖子多,骗子也多。"

"算你狠。"胖子转过头冲老保安喊,"哪里登记?"

老保安恭恭敬敬地递上登记本,还一个劲地说着好话。江斌朝杜明哲一笑,好像在要求夸奖,不料,却只得到一个转身。

小区里,高老头和刘老头早已严阵以待。高老头躲在向日葵公益箱十米外的两辆车之间,刘老头则端着望远镜站在旁边那幢楼五楼楼道的窗户边。

"老爷爷,你在干吗?躲猫猫吗?"一个五六岁的男孩看着蹲在地上的高老头问,全然不明白高老头让他赶快离开的手势。

破旧面包车在向日葵公益箱旁边停下。胖子下了车,拿出钥匙,利索地打开公益箱,从里面抱出一大沓衣服,随手扔入面包车内。来回几次后,公益箱里的衣服已经搬运一空,胖子这才锁上箱子,开着车走了。

高老头见刘老头、江斌、杜明哲都过来了,便郑重地下达了"命令":"马上开车跟过去!"

可车在哪里呢?三人面面相觑,看向高老头。

高老头见江斌露出一丝轻蔑的笑容，问："难道你没车？"

江斌双手一摊："我什么时候说过我有车？"

竟在最关键的时刻掉链子！为了这次行动，高老头观察了很久才摸清胖子出没的规律。昨晚，他异常得意，觉得守护社区就要靠自己了。以前总被人嘲笑是假社区主任、光杆司令，这次总算能扬眉吐气了，一定要让全社区的人看到他高老头的厉害。没想到，最后居然会是这样的结局，他怒不可遏地盯着江斌，希望能得到合理的解释。

江斌反讽道："难道这事怪我？还不是你自己没做好计划，连我有没有车都没弄清楚，就算有车，就一定要帮你吗？"

刘老头也跟着落井下石："对，就是你自己没做好计划。"

小男孩又跑了过来，冲高老头喊："老爷爷，我也要玩捉迷藏！"

"我很老吗？我才五十几岁。"高老头冲小孩子吼道，"刘老头才老呢，他都七十多了！"

"哇"的一声，小孩子被吓得号啕大哭。

听到哭声，上次那个在楼道里和高老头吵过架的老婆婆赶过来，将孩子搂在怀里，吼道："你们俩想干吗？小宝贝，咱们不哭，以后离这些怪人远一点。"走的时候还不忘冲高老头说，"丑人多作怪。"

刘老头哈哈大笑，谁知那个老太婆又恶狠狠瞪了他一眼："你也是！"

下午,宋诚去街道开会,跟主管领导说了辞职的事。领导很吃惊,出口挽留。宋诚知道对方的挽留并非出于器重,而是因为他从刑警大队调职到社区,一年不到就要辞职,难免让人误会是不是社区没有安排好他的工作,毕竟他曾是一名很优秀的警察。

回到办公室,宋诚竟看到有人坐在他的椅子上。那人背对着大门,两脚搁在窗台上。

听到宋诚进来,那人悠闲地转过身——是江斌。他急忙站起来,笑嘻嘻地说:"宋主任,我在等你。"

宋诚的好心情在此时烟消云散,他瞪着江斌,冷冷地说:"出去。"

江斌走到宋诚身边,认真地说:"宋主任,你是不是跟我有仇,为什么每次都凶我?"

宋诚没有看他,将资料放在桌子上,低声吼道:"出去!"

江斌并不死心,赶忙说:"我是来汇报情况的。"

却不料宋诚突然转身,朝着他大吼:"滚!"

江斌一时愣住,全然没有了往日的机敏。

听到声音,杜明哲小跑进来,见宋诚紧握拳头,旋即明白发生了什么。江斌看了他一眼,沉默地走出了办公室。

"宋主任,"杜明哲见宋诚情绪有所缓和,"向日葵公益项目有问题。"

宋诚沉默了一会儿,拿起电话筒拨了内线:"张琼,你进来下。"

待张琼进来,杜明哲把事情的来龙去脉讲了一遍,最后说:"老陈废品回收背后是一家网络公司。我们去工商局查过,这家公司的注册地是一间二十五平方米的公寓，根本不具备旧衣回收所需的软硬件条件。"

宋诚问张琼："这家公司的资料审核了吗？"

张琼有些底气不足："审核了，不过我们也只能做到形式上的审查。"

"形式上的审查？"杜明哲不甚明白。

"就是说只能审查这家企业是不是真实存在的，但没办法审查是否符合回收旧衣服的条件。"张琼越说越气，"我现在就把他们赶出去，连慈善都坑！"

"不，现在赶他们走只会打草惊蛇，离了海晨小区，还会去其他的小区。"宋诚变得严肃，"而且注册地只有二十五平方米说明不了什么，他们可以另外租借场地，这只能算是一个可疑因素。"

张琼问道："那我们怎么办？"

"先跟踪他们，了解情况后再说。"说出"跟踪"这个词时，宋诚感到了久违的悸动。

胖子再次来到海晨小区时，不但主动出示证件登记，还殷勤地递给老保安一根香烟，好像失忆一般，全然忘记了几天前自己对保安的辱骂。车驶到向日葵公益箱旁后，胖子下车打开公益箱，手脚麻利地将一大堆衣服抱到车里。

宋诚和杜明哲坐在十几米远处的一辆银色速腾车里，看到胖子弯着腰从公益箱里抓起一件大衣，还特意瞥了一眼衣领，然后喜滋滋地套在自己身上。

"他要走了。"杜明哲提醒道。

宋诚点点头,想起他就是上次在办公楼外等自己的那个人,连忙启动汽车。果然,胖子掏出钥匙锁上了公益箱。就在这时,一辆垃圾车从速腾车前面开过,"哐当"一声,撞到了固定在地面上的小铁柱。司机懊恼地下车,发现车轮歪了,车开不了了。

胖子已经坐到了面包车里,眼看就要走了。

"你过去把胖子叫到别的地方去。"宋诚嘱咐杜明哲。

杜明哲立马下车跑了过去,只见他敲了敲面包车的车窗,几句话后,胖子也下了车,跟着杜明哲往社区办公室的方向走去。

宋诚见两人走远,赶忙打开车门,快步到面包车旁,四下打量一番后打开了面包车的后掀门,不顾车里难闻的霉味,往旧衣服堆里爬了过去。

扒开几件衣服后,眼前竟出现了一张人脸!那人整个身体埋在旧衣服堆里,只露了一个头,正嬉皮笑脸地看着他。

又是江斌!

"你不让我参加,我就自己行动了。"江斌主动说道。

宋诚转过身,想提前结束这次行动,可手刚碰到门把,就听到胖子回来了。他立刻蹲下身,一边警觉地听着外面的动静,一边开始扒衣服。旁边的江斌也伸出手帮忙。很快,宋诚也像江斌那样埋在了旧衣服堆里。

胖子沉重的脚步声越来越近。宋诚突然眼前一黑,原来江斌把一件衣服盖在了他的头上。就在这时,车门被打开了,胖子朝里面看了看,喃喃自语道:"奇怪了,车里好像有动静。"说完,他关上车门，坐回驾驶位，启动了发动机。

"一群白痴，等以后老子发达了弄死你们！"车行驶到小区门禁处，胖子先是低声骂了一句，然后朝老保安客气地说，"师傅，下回见！"

宋诚和江斌扔掉了头顶上的旧衣服。两人就像两颗萝卜，被种在五颜六色的旧衣服堆里。江斌想和宋诚说点什么，却看到对方紧闭双眼，一副让他免开尊口的模样。

十几分钟后，面包车在一个加油站门口停下，胖子拖着肥重的身子下了车。

"宋主任，你是不是对我有什么误会？"江斌终于逮到了说话的机会。

宋诚却依旧闭着眼睛，好像没有听到一样。

"你对杜明哲那么好，我也想和你成为朋友。"话还没说完，胖子就回来了。他一屁股坐进了驾驶室，自言自语道："妈呀，油费又涨了。"

驶出加油站后，胖子把车开得横冲直撞，车厢里两个人东倒西歪，只觉得这辆车随时都要散架。在一个颠簸路段，宋诚差点被震飞，幸亏被江斌一手拉住，但宋诚立马甩掉了他的手。

车继续向西前行，周围的景物越来越陌生。宋诚觉得仓促上了胖子的车有些冒险，这不是他们的预案，何况现在还多了一个江斌。如果胖子到时候直接打开后车门，他们该如何应对？这不但搜集不到证据，还会被反咬一口。想到这里，他对自己有些失望，远离刑警工作才半年时间，自己却失去了应有的理智和敏锐。

傍晚时分,面包车停在城西的一个山脚下。只见丛生的杂草中有一座废弃的仓库,大大的铁门上,连把锁都没有。胖子打开仓库的卷帘门,开车进了仓库。当他再次下车时,宋诚和江斌四目相对——胖子马上就要打开车门了。

真是糟糕的一天。宋诚思忖着。等胖子发现车里平白无故多了两个人,自己该怎样应对才好?他到现在都不能确定对方是不是骗子,无论怎么说、怎么做都是他理亏。宋诚愈加对自己感到失望。

门开了一条小小的缝隙,宋诚咽了一口口水,江斌同样目光严峻,双唇紧闭。两人不约而同地调整呼吸,调动全身的肌肉,做好蓄势待发的准备。

"你是风儿我是沙,缠缠绵绵到天涯。"一阵手机铃声回荡在空旷的仓库里。

胖子收回正在开门的手,接起电话:"喂,老婆?啊,四十度呀,你别急,你先让他喝点美林降降温,我马上抄小路回来。"说话间,他已坐上墙角的摩托车,随后是重重的卷帘门落地声和渐渐远去的摩托车发动机声。

整个仓库又恢复了黑暗和死寂。

借着手机微弱的光亮,两人一前一后从车上跳下。宋诚给郑新打去电话,说明了大概的情况。江斌则在卷帘门旁上下扫视一圈,欢快地叫道:"我找到开关了!"

"咔嗒"一声,灯亮了。

这是一个两三百平方米的仓库,四周无窗。旧衣服像一个个小丘陵般堆满了整间仓库，弥漫着一股发馊的味道。

江斌绕了一圈，在仓库最里面的一堆衣服前停下，捡起几件衣服，回头对宋诚说："这死胖子还挺会做生意的，衣服被分成了三六九等。这堆都是名牌，不是阿迪达斯，就是耐克。"

宋诚没有理会，他已经适应了这里的霉味，不像刚才那样有强烈的作呕感，但封闭、寒冷的环境还是让他心中涌出一股莫名的苍凉。

"他肯定是拿去卖的。"江斌捡起一条牛仔裤，"这条李维斯牛仔裤，新的要九百多，这个成色怎么着也能卖个两百块吧。"随后，又指着旁边的一沓衣服说，"这一堆都是优衣库，本身价格不高，但买的人多，只要定价合理还是很容易脱手的。像这件衬衫新的也就两百多块，二手能卖个四五十块。"

过了一会儿，江斌走到门边，踢了一脚堆放在那里的衣服："弄不好，这堆残次品才是给困难群众的。"他捡起一件已经残破的外套，"但没准也是想卖给他们，这种破衣服一吨也能卖个一千多块呢。"

宋诚依旧没有回应，只是站在灯下，若有所思，没发觉江斌已走到他的身旁。

"宋主任，你还没回答我的问题呢！"

宋诚转过身，走到门边，听到外面正淅淅沥沥地下着雨，这让他觉得更冷了。不知为何，他突然感到很是压抑，不想待在这里，一刻都不想，心里期盼郑新早点到来。

"坐在这里吧，地上凉。"江斌把一件干净的羽绒服摊在地上，见宋诚不为所动,便无奈地后退了几步,"我离你远一点,这样成了吧?"

宋诚没有理他,正寻思要如何找到犯罪证据时,突然感到有什么东西盖在了背上,回头一看,是江斌为他披上了一件军大衣。

"你干什么?"宋诚扔掉了军大衣。

"我想做点什么,让你别那么讨厌我。"江斌说得很真诚。

宋诚回过头,闭上眼睛,提醒自己不要去看他,就让他一个人折腾吧。

"这'操蛋'的地方,怎么连口热水都没有。"因为粗口,江斌抱歉地笑了笑,"我以前不是这样的,如果人生可以重来,真希望我没有出生在这个世界上。"

宋诚转过头看了一眼江斌。外面风很大,仓库里的灯随之摇摇晃晃,灯光让宋诚看不清他的脸。

"我以前不是这样的。"江斌重复道,"你肯定想不到,我以前很内向。宋主任,你是不是觉得我这样的人不配有故事?"

宋诚又想到了那个早上。自己跟跟跄跄地从车里下来,跑向妻儿……这越发让他感到周身一阵冰凉。

"不知道为什么,第一次看到你就觉得特别亲切,一直想跟你成为朋友。"江斌见宋诚茫然地看着前方,便没有再说下去,他退后几步,坐在了那件羽绒服上。

两个人陷入久久的沉默,耳边只有门外呼啸的狂风,和碎石敲打铁门发出的声响。头顶上的灯比之前摇晃得更加剧烈,让人不得不担心起那根细细的电线。

宋诚转过头,见江斌斜着脑袋,双手抱胸,靠着衣服堆睡着了。他捡起那件军大衣,走到江斌身边,犹豫要不要帮他披上。灯下的影子踌躇地晃动了几下,还是松开了手。

宋诚闭上眼睛,强迫自己将注意力放在案件上。

如果犯罪组织有复杂和简单之分,那么眼前的团伙无疑是个简单的组织。他们一般不具备较强的反侦察能力,犯罪证据往往就在犯罪地。想到这里,宋诚慢慢踱步,警觉地四处查看。几分钟后,他在大门处发现了一个被衣服掩盖起来的破旧写字台,打开抽屉,里面果然有一大堆收据,上面都写着"旧衣销售款"。收据下面有一沓快递单,目的地遍布全国,寄件人信息是用印章刻的,写着"嘟嘟尚品店"。

宋诚看了看依旧在睡梦中的江斌,心想,江斌果然没有猜错,这些衣服都被分门别类地处理掉了,有品牌的在网上以自用闲置旧衣物的名义高价卖掉,差一些的被他们打包成吨卖给了废品回收机构。

屋外传来一阵轮胎碾压泥地的声音。

有人来了。

宋诚迅速合上抽屉,将写字台重新掩埋在旧衣堆中,关了灯,快步走到江斌身边,拍了拍他的肩膀。

"有人来了。"宋诚捂住江斌的嘴巴,见他点头后才松手。

脚步声越来越近,在仓库门口停了下来。门外有人出声喊道:"有仓库出租吗?"是郑新的声音,"老板在吗?"

宋诚终于放下心来,大声回应:"郑新,我在里面!"

很快,卷帘门被打开了,郑新领着几个警察进了仓库。

原来面包车驶离海晨小区后,高老头说看到江斌比宋诚先一步进了面包车,大伙觉得两个人有照应也好,可左等右等都没消息,又不敢贸然联系他们,唯恐两人手机没有静音。随着时间的推移,几个人越来越担心。杜明哲将情况告诉张琼后,张琼立即通知了郑新。就在郑新准备通过摄像头寻找面包车时,接到了宋诚的电话,便马上赶了过来。

宋诚将发现的可疑资料交给郑新后,警方立即查封了仓库,开始追查这个团伙。

没过多久,李龙光开着车过来了,车后排还坐着高老头和刘老头。宋诚坐到了副驾驶位,江斌屁股刚沾到后排的椅子,刘老头就递给他一壶热水。

江斌喝了一口,夸张地说:"真是舒服呀,老刘,你要是我爸该多好呀!"

"你没爸吗?"高老头不满地说,"人家老刘儿子在美国发大财、住大别墅,他等着去美国享清福呢!就你这鸟样还想做老刘的儿子?"

"你又挑拨离间,小江这么乖巧听话又懂事的儿子,我会嫌多吗?"

"刘老头,乖巧听话又懂事跟江斌有什么关系?"高老头认真地说。

所有人都笑了,除了宋诚。他茫然地望向窗外,只有一个念头:辞职,马上就辞职。

冬日暖阳 173

警方很快查明了向日葵公益造假事件。

胖子一伙共三人，通过伪造证件，利用市艺术团发起的捐赠冬衣活动，骗了不少社区。

张琼拿着一沓文件走进宋诚办公室："宋主任，你怎么把所有责任都担下来了？"

"本来就是我的责任。"宋诚没有抬头看她，继续盯着电脑屏幕。

"你有错，我也有错。"张琼激动地走到宋诚身边。

"我是你的直属领导，当然是我的责任。"

"宋主任，你……"张琼犹豫了，"你是不是因为要走了，就想把所有事情都揽到自己身上？"

"这是两码事。"

伴随着打印机的启动声，一张 A4 纸飘落在地上。张琼蹲下身捡起，只见纸张的最上面写着"辞职信"三个字。

宋诚从张琼手中接过 A4 纸，说："快了。"

"可是我们都舍不得你。"

宋诚没有回答，径直朝门外走去，上次和领导打过了招呼，这次就是正式辞职了。

他已经等不及了。

第十四章

这个冬天的海晨小区不太平。

这天中午刚过十一点,杜明哲见到许多人吵吵嚷嚷地往9号楼方向跑去,说是有人想要跳楼。他急忙跟过去,远远地看到一个女人坐在天台边缘,双脚悬空,手里还怀抱着什么。到楼下时,他才发现女人竟是小娟——那个曾住在他对门,搬过来时给他送过吉祥糕的邻居。

先到的老保安告诉杜明哲,宋主任已经去了天台。杜明哲立刻冲进楼道往上跑,途中看到张紫晴正吃力地一层层爬着楼梯。

"张医生!"

张紫晴气喘吁吁地回应:"小杜?"

"宋主任呢?"

"已经上去了。"

"那女人叫小娟,就住在这里的六楼,刚生孩子没多久,她婆婆和老公经常说她。"

"产后抑郁症?"张紫晴停滞了,面色凝重地看着杜明哲。推开天台窄窄的木门,两人看到宋诚背对着他们站在五米外,望着坐在天台边缘的小娟。张紫晴示意杜明哲待在原地,自己则慢慢靠近宋诚。

这时,楼下传来飘忽不定的声音:"娟娟,不要做傻事,你要是走了,让妈妈怎么活呀!"

放在裤袋里的手机震动了一下,宋诚拿出瞥了一眼,是张琼发来的短信,上面写着"消防已到"。

风大了起来,将小娟脖子上的围巾吹到了天上,在空中飘飘荡荡。

"你们为什么不相信我?"小娟自言自语着,"为什么?"

"我相信你。"宋诚附和说。

小娟回过头,打量了宋诚一番后说:"你骗我。"

她手里还抱着一个婴儿!宋诚倒吸了一口凉气,他记得这个女人在江斌提供的视频里出现过。

"谁不相信你?"当看到婴儿时,张紫晴突然想到了应对方法,她走到宋诚身边,从口袋里拿出一根皮筋,扎起长发。

"我老公呀,他不相信我,我爸我妈、我公公婆婆都不相信我。"女人说得很平静,但语气却跟眼前的寒风一样,透着冰冷和绝望。

"小娟,你告诉我,他们怎么说你的?他们又没有十月怀胎过,怎么知道你的辛苦?"张紫晴边说边慢慢向前挪去。

"你认识我?"小娟变得警觉,"你骗我,你在骗我,我妈妈、婆婆怎么可能没有怀孕过?你在骗我,你怎么知道我叫小娟?你是不是我婆婆找来骗我的?"她越说越激动,怀里的婴儿被吓得哇哇大哭。

宋诚想上前劝慰,但张紫晴却抢在他前面:"她们那个时候能和现在比吗,现在生一个孩子要多少钱?纸尿裤和奶粉都要进口的,以后还要愁着买学区房,上重点学校,这些压力和烦恼,她们那个年代根本没有。"张紫晴口气中满是鄙夷,好像自己也是一个母亲。

"对,你说得对,现在和以前不一样了,她们没资格对我指手画脚。"小娟平复了气息。

张紫晴冷哼道:"你有什么错,错的是她们!"

手机再次震动。又是张琼的信息:消防正在铺设防护气垫。

"可是我老公也不理解我,我跟他说,他都不理我。他觉得是我矫情,是我娇气。我们两个父母健在,工作稳定,夫妻甜蜜,还有一个虎头虎脑的儿子,我怎么可能会得抑郁症?但我真的快活不下去了,我坚持不住了……"小娟啜泣着。

孩子被风呛到了喉咙,干呕了几声,哭得更大声了。

宋诚和张紫晴对望一眼,留给他们的时间已经不多了。

"跟我朋友的老公一样。哼,一模一样的,她想跟老公沟通,结果你猜她老公怎么说的?"张紫晴绘声绘色地说。

"怎么说的?"小娟抬起了头,一只手轻轻抚摸着孩子的后背,孩子靠在妈妈的胸口上,终于安静了。

"他说，我们给你的条件那么好，我们谁也没有错，所以你不配得抑郁症。"

"对、对、对，就是这样，我不配抑郁，"小娟感同身受道，"可这是我能选择的吗？你能选择不感冒，能选择不咳嗽吗？"

最关键的时候了，张紫晴感到了稍许紧张，她深深吸了一口气，抬起头羡慕地看着小娟，说："你家是男孩呀，你以后可幸福了，男孩和妈妈的感情最好了，会跟爸爸对着干，就是看不得妈妈受欺负。"

"真的吗？"小娟看了一眼襁褓里的儿子，眼里满是柔光。

"当然，他会成为你生命中最重要的人，你也会成为他生命中最重要的人，这是人生最美妙的一段旅程。"张紫晴转过头看向宋诚，"宋主任，这里是什么学区啊？"

宋诚明白张紫晴的意图，说："幼儿园是机关幼儿园，双语教学，还有外教；小学是南城实验小学，对口的初中是南城外国语中学。"

整个江城人都知道南城外国语中学有多么了不起。

张紫晴见小娟低头看着儿子，说："我真羡慕你，以后都不用愁学区了。"她唉声叹气道，"我朋友他们学区不好，都愁死了，要是她有你儿子这样的教育资源，睡觉都会笑醒的。"

小娟眼里闪过片刻的犹豫，张紫晴知道她被打动了。宋诚的手机第三次震动，说消防垫子已经铺设好，这多少缓解了他的焦虑。

"你这个恶毒的女人，要死自己死，快把孙子还给我，我可怜的孙子才四个月呀！"偏偏在这时，楼下传来另一个女人尖锐的声音。

"这个时候,你还这么说我女儿,你是不是人啊?"

楼下婆婆和妈妈的争吵大大出乎张紫晴的意料,她感到脑子里一片空白。

小娟抱紧自己的孩子,回过头朝张紫晴笑着说:"你看,我婆婆只是把我当成生育工具,根本就不在乎我的死活,我要跳下去,我要让他们后悔一辈子!"

张紫晴已经不能呼吸了,这是她第一次真正面对如此棘手又如此紧迫的事情:"那你的孩子呢?他什么都不知道,他的人生还没开始呢!"

小娟不说话,只是哭,身体不停颤抖着。孩子用嘴含住小娟的手指,轻轻地吮吸。

"我不带走他,以后会被后妈虐待的。"说完,她诡异地一笑,整个身子连同孩子向前扑去。

楼下再次传来一声又一声的尖叫。

时间在宋诚眼里静止了。他仿佛看到妻子小兰毫不犹豫地推开两个学生,被白色跑车撞飞,孩子从子宫中滑落,与宽松的孕妇装一起和小兰分离。惊声尖叫的小兰用身体最后的力量拉住孩子,双双跌落在地。她透过一摊摊的鲜血看了一眼孩子,然后闭上了眼睛。

小娟变成了小兰,她和儿子一起望向宋诚,眼里有着对这个世界无限的依恋。

伴随张紫晴"不要"的嘶吼声,宋诚从天台跃身而下,猛地抓住了小娟的手,用力抱住她。可就在这时,小娟怀里的孩子却被甩了出去,眼看就要撞向坚硬的墙体。

两人同时发出撕心裂肺的吼叫:"啊!"

就在此时,一个人影从五楼窗户中跳出,一把接过孩子,将他紧紧抱在怀里。

"嗵嗵"两声,他们先后跌落在巨大的橙色气垫上。

人们捂住嘴巴发出尖叫声,随后又变得异常安静,过了几秒钟才回过神来,全副武装的消防救援人员迅速向气垫跑去。

"哇"的一声,婴儿发出了震耳欲聋的哭声。听到哭声,大家这才下意识地拍了拍自己的胸脯,还好,孩子没事。

宋诚趴在气垫上,头痛欲裂,挣扎着站了起来,却见身旁的小娟痛苦地呻吟着。他轻轻推开那个救下孩子的人,看到孩子正闭着眼睛,使劲哭着,看样子并无大碍。但那人却仰面躺着,双目紧闭,一动不动。

眼前的人竟是江斌。

很快便有急救医生上前,用担架抬走了江斌和小娟母子。刘老头一路小跑,跟着担架,带着哭腔喊道:"小江,小江,你醒醒呀,你醒醒呀……"

医护人员准备抬走宋诚,他却摆摆手拒绝了。

身旁有人拍着胸口对消防员说:"刚才我看到五楼有个人一直站在窗台上,还以为是你们消防员呢,没想到……"

原来江斌一直站在窗台上,随时准备救人。不,这怎么可能,这太危险了!即便真的有人这么做,那也绝对不会是江斌啊!

可……真的是他。宋诚脑子里一片混沌。

张紫晴跟着杜明哲跑下楼,担忧地摸了摸宋诚的手,拍了拍他的肩膀,突然哭着紧紧抱住了他,嘴里念叨:"你怎么这么傻,怎么这么傻呀……"

宋诚没有任何反应,只是茫然看着救护车驶离的方向。

江城城南东湖湖畔的一幢独栋别墅前,停着一辆炫白的兰博基尼跑车,里面坐着一个充满朝气的年轻人。

江斌虽然酷爱好莱坞电影《速度与激情》,但并不喜欢开跑车,觉得过于招摇。不过,母亲还是悄悄为他购置了一辆,作为他大学毕业的礼物,只是车昨天才送到。握着方向盘,江斌想起《速度与激情》的主演保罗·沃克去世那天,自己还在社交媒体上写下"如果有一天我因竞速而死,请不要为我哭泣,因为我一定是笑着离开的"这句偶像曾经说过的话来缅怀他。

今天是一个特殊的日子,江斌将向女友求婚。虽说刚毕业就求婚有些进展过快,可确定关系时他就许下了一个愿望,要尽快成为她的丈夫,组建一个家庭。在亲情破碎的单亲家庭中长大,使得江斌无比渴望拥有一个幸福而完整的家,他相信温柔的女友一定会理解自己。一个礼拜前,江斌预定了东湖一家顶级度假酒店的套房,房间里有独立的温泉设施,如果不嫌麻烦,也可以在公共区域体验二三十个不同主题的温泉。另外,酒店二楼那个叫"町"的日本餐厅非常有情调,招牌菜是女友最爱吃的富山湾白虾,绝对能满足处女座的挑剔。

江斌这几天只有一个愿望，下雪吧。如果在宁静的深夜，两人伴着一枚枚散着果香的红色蜡烛，共浴在洒满玫瑰花瓣的温泉里，悠闲地抿着红酒，看着漫天雪花在身边飘落，将是多么美好的画面。

他会搓一个雪团给女友，雪团中藏着那枚由他设计的钻戒，最后他将在水中单膝下跪求婚，让这天地为他们的爱情作证。

这一定会成为他们一生永不褪色的美好记忆。

憧憬中，他迫不及待地启动发动机，挂挡，踩上油门。白色的跑车像一束光，在城南宽敞的道路上行驶。入住酒店前，他还有两件事要做。首先去花店预订鲜花，一定要用十种不同的花铺满整个套房，女友最爱的满天星是万万不能忘记的，十种花不就是在祝福两人未来的生活十全十美吗？然后他要把女友接到酒店……

想到这里，一股躁动让江斌呼吸急促，他提醒自己要稳住，不能被这幸福压垮。车向东行驶着，冬日清晨的阳光让他睁不开眼睛，趁着红灯间隙，他戴上墨镜。向东前进，不就是向着希望和未来前进吗？

今天真是个好日子。

江斌的右脚轻轻踩下油门，澎湃的发动机声激发了他的男性荷尔蒙。这辆车简直太完美了。

手机铃声响起。江斌低头一看，是女友的来电，手机迅速被设置成免提："你再等一会儿，一小时后去接你。"

"我考虑了一个晚上，江斌你听我说。"女友的声音跟早晨的温度一样冰冷。

"怎么了，你说，我听着。"江斌咽下一口口水。

"我们……分手吧，你知道我一直更喜欢活泼的男生，我对你只是感动而已。"

"你说什么？"江斌想知道发生了什么，可电话那头只剩下一阵"嘟嘟"声。他随手扔掉手机和墨镜，不知道为什么太阳明明那么刺眼，却让自己感受不到一丝温暖……

四周突然变得一片漆黑，听不到任何声音。他一个人孤零零地飘浮在宇宙中，失去了重心，无论怎么呐喊，怎么挣扎，都无济于事。

终于，精疲力竭的他放弃了呐喊，放弃了挣扎，随波逐流在这无边无际的黑暗中。

江城市人民医院住院部，28层硕大的落地窗前站着一个女人。她没有化妆，面容憔悴，眼角有重重的黑眼圈和深深的泪痕。她从黑色小包里拿了一包烟，取出其中一支，刚点燃，拼命吸了几口，就被路过的护士劝阻了。在她手忙脚乱，想将烟熄灭时，黑色小包却被失手掉在了地上。她看着地上的包，又抽泣起来，脑子里满是儿子小时候抱着她的模样。

半小时前，主治医生告诉她，江斌为保护婴儿，在落地那一刻用自己的身体为婴儿完成了缓冲。地面虽有气垫防护，但因脊柱率先着地，身体内部产生冲撞，导致他昏迷不醒，不排除成为植物人的可能。

冬日暖阳

一部电梯到了28层，门开了。宋诚刚向前走了几步，就看到了瘫坐在地上的女人，他认得她。宋诚的脚步略微迟疑了下，最后还是顺着指示牌，走向危重病房区域。当透过玻璃，看到昏迷中的江斌时，宋诚百感交集，这是他第一次见到如此安静的江斌。他记得江斌躺在气垫床上陷入昏迷时，嘴角似乎还带着一抹淡淡的笑容。

宋诚捂住嘴巴，朝楼层出口走去，却在拐角处突然停住，背靠着墙，从口袋里拿出妻子在出事前一天拍的三维彩超照片，那是他们的孩子留给这个世界唯一的一张照片。照片里的他耷拉着小脑袋，似笑非笑，好像在说，爸爸妈妈，你们两个要乖乖等我出来哦。

几秒后，宋诚抹去眼泪，深呼吸，抿了抿嘴，消失在医院的走廊中。

在走廊的另一端，高老头、刘老头和杜明哲从应急通道里走了出来，两个老头还在为刚才去错楼层而互相扯皮。

"刘老头，你带的是什么？"高老头指着刘老头手上的保温壶问。

"鸡汤。"

"小江醒了？"

刘老头没好脸色地看了一眼高老头，吐出一个字："没。"

"那你带啥鸡汤？"

刘老头生气地说："有你这么说话的吗，难不成你以为小江永远不会醒了？我告诉你，只要他在医院一天，我就一定会熬鸡汤给他喝！"说完，就大跨步地走了。

高老头对杜明哲说："我不过随便说说，刘老头那么抠门的人，啥时候变大方了？"

"老刘把江斌当儿子一样的。"

"好吧，今天就看在小江的分上，不跟他计较了。"高老头给自己台阶下，可杜明哲早已走远了。

就在高老头骂了声"死小子"时，他看到不远处站着一个面如死灰的女人，那女人也正好抬头看到了他。高老头想回避，女人却发疯似的冲了过来："都是你，都是你，是你害死了我儿子！"

"你发什么疯！"高老头一把推开那女人，整了整衣领说，"你脑子坏掉了？我什么时候害过你儿子？"

两人的争吵吸引了不少人围观。刘老头和杜明哲迟迟不见高老头，又返了回来。

即便只看到背影，刘老头就觉得这个女人衣着高档，气场强大，他咧开了嘴说："这高老头就爱多管闲事，这下可好，惹到一个厉害的，看他怎么收场。"

杜明哲却觉得女人的背影有些眼熟。

"他为什么会住在海晨小区，为什么会出事？"女人嘶吼着。上次离开海晨小区时，她竟瞥见了多年未见的前夫，高成。如果当时把儿子劝回家，是不是……她从来没有这么痛恨过自己。

"你在说什么呀，我跟你快二十年没联系了。"高老头一脸嫌弃地说，"还有，那是你儿子，又不是我儿子。"说完，他转身就要走。

"你给我站住！"女人扑向高老头，两人同时摔倒在冰冷的大理石上。

刘老头一手捂着嘴巴，吃惊地看着杜明哲说："我没听错吧，这个高老头又矮又胖，怎么跟这么有钱的女人勾搭上的？"

女人瘫坐在地上，突然大笑起来，随后盯着高老头说："高成，我不跟你吵，过了这么多年，你为什么不相信他就是你的儿子？"

"你给我戴绿帽子，还要我养那个'王八蛋'。"高老头一脸不屑地说，"没门儿。"

"我从来没有做过对不起你的事。"女人面容坚决，但眼里却充满绝望，"如果你不相信，他现在就躺在这家医院，你可以跟他去做亲子鉴定。"

高老头站起身，抖了抖身上的衣服："江芳草，我告诉你，我是不会跟一个野种去做亲子鉴定的，我已经丢过一次人，可不想再来一次。"

"如果有一天，你知道他真是你儿子，而你从小就抛弃了他，让他没有得到过父爱，在最难熬的时候，你都没在他身边，你会原谅自己吗？"江芳草平静地说，眼泪却一颗一颗掉在了地上。

闻言，高老头停下了脚步。

江芳草站起身，挺直了腰板，简单收拾了头发和面容，重新拿好黑色小包，走到高老头身边，目视前方："他可能再也不会问起爸爸的事情了。他昨天做了一件很棒的事，可能会变成植物人，我再难受，但还是为他骄傲。"

杜明哲终于看到了女人的脸，那是江斌的母亲。

高老头面色煞白。

江芳草转过头看着他,一个字一个字地说:"他叫江斌,你抛弃我们母子那年改的姓。高成,我江芳草和儿子江斌要永远和你断绝关系。"说完,她大踏步向前走去,高跟鞋猛烈撞击着地面,围观人群自觉为她让开了一条路。

高老头目瞪口呆,见刘老头和杜明哲正吃惊地看着自己,没说一句话,转身向刚才来的应急口走去。

"高老头是小江的爸爸?"刘老头扯了扯杜明哲的手,连连摇头,"我没听错吧?"

杜明哲终于明白了,为什么在搬进高老头家的时候,江斌会生出那些莫须有的敌意,并问出那句"为什么是他"。

第十五章

电影院里人不多,大厅上方几块液晶大屏幕正循环播放着最新的电影预告片。

今天的约见是张紫晴提出的,她本来要在手机上购票,但宋诚说自己的江城银行卡可以参加"一块钱看电影"活动,只是要在影院现场购买。两人到了影院,宋诚排队购票,张紫晴则去了旁边买爆米花。

如今,人们早就习惯了在手机上购票,因此影院只开了一个人工购票窗口。一对上了年纪身着朴素的夫妻排在宋诚的前面。男人盯着票价牌,惊叹道:"啊,这么贵,一张票要九十块。"

"你们有江城银行信用卡吗?可以参加优惠活动,一元购票。"收银员没有抬头,机械地说道。

"我有。"男人高兴地从口袋里掏出一张卡。

"这不是信用卡,不能享受优惠。"收银员瞥了一眼,突然抬起头面色和悦地说,"我们影院的会员卡也可以打折,一千块起充。"

"今天是我老婆的生日,所以才来看的,充一千块太多了,用不掉呀。"丈夫还没说完,妻子就拉了拉丈夫的手,小声说:"算了,太贵了,别看了。"

丈夫义正词严地说:"那怎么行,今天可是你的生日,我说过要带你看电影的,我什么时候骗过你?"看着妻子害羞的表情,丈夫从口袋里摸出有些破旧的钱包,取出两张一百元,递给收银员。

妻子犹豫了下,还是拦住了丈夫,心疼地说:"这些钱都够吃好几天了。"但丈夫还是执意要买票。就在两人僵持时,站在他们身后的宋诚突然说:"我帮你买吧,我的卡能优惠。"

"真的?"丈夫露出欣喜的表情。

宋诚点了点头:"当然,你把钱给我就好了。"

"好的,好的。"丈夫连连道谢,从口袋里取出两枚硬币。

收银员面色不豫地看着宋诚:"一张卡一天只能买两张优惠票。"

夫妻一听,显得很失落,善意地朝宋诚笑了笑。丈夫再次掏出纸币,却听宋诚说道:"没事,我不看了。"

买完票,宋诚走出队伍,见张紫晴正捧着爆米花望着自己,显然将一切都看在眼里。

"抱歉,今天不能陪你看电影了。"

"我知道你没心思。"张紫晴笑了笑,跑到那对夫妻面前,

冬日暖阳 189

将爆米花递给那个女人,"阿姐,祝你生日快乐!"

女人忙摆手,说:"这、这、这怎么好意思呢?"

"我们有事,看不了电影了,你不要客气,否则就浪费了。"

女人接过爆米花,眼圈微微红了,说道:"谢谢你们。"

宋诚看着张紫晴,一时恍然,马上转身朝扶梯口走去,张紫晴跟了上去,一前一后乘着扶梯来到一楼,那里有十几台电视机正参加展销。十几块大小不一的屏幕都在播放同一个画面。身穿绿色职业装的女主持人,指着江城蝴蝶形的地图说:"受新一股较强冷空气的影响,自今天晚上起,我市气温将下降8℃左右,局部地区可达10℃以上,伴有4~6级偏北风,山区会伴有中到大雪。"

宋诚站在一台70英寸的电视机前,这台松下品牌的液晶电视机才卖8999元,真是便宜。记得结婚时,他们买了一台42英寸的松下等离子电视机,足足花了他和小兰一个月的工资,9999元。哪知道如今等离子电视早就被淘汰了。

时间过得真快啊!

时代变得真快啊!

张紫晴站在他身边,看到气温即将下降的消息,下意识地搓了搓手:"江斌还没醒吗?"

"嗯,医生说他没啥意识。"

张紫晴轻轻叹了口气:"怎么也想不到他会是老高的儿子。"听到这个消息时,她整个人蒙了,以为自己听错了,"不过仔细想想,江斌的嘴和鼻子确实像老高。"

宋诚沉默着，江斌是谁，对他来说一点都不重要。

张紫晴看着他一步步向前走去的背影，只觉得最近海晨小区里的人就如同这天气，阴冷又潮湿。她回头看了一眼，电视机里，女主持人仍不知疲倦地循环播报着天气。

希望降温可以一扫之前的阴霾，她在心中祈祷。

她忐忑不安地跟在宋诚后面。美国那所名校不但录取了她，校方更是因为导师的力荐，邀请她加入顶级的心理研究团队。

是时候做决定了。

"宋诚！"一想到这有可能是最后的机会，张紫晴突然开口。

几米远处的宋诚回过头："嗯？"

张紫晴三步并作两步来到宋诚身边，看着他，说："我想留在你身边。"

一阵冷风吹过，她感觉有些冷。

"留在我身边？"宋诚不是不明白她的意思。

张紫晴知道越是不利的环境，越要提升自己的状态。她如同一个网球赛场上的运动员，如今对手拿到了赛点，她只要再丢一个球就会满盘皆输。她不想放弃比赛，只能不断地暗示自己"我可以"，希望能拖住比赛，等待翻盘的时机。

"是的。"张紫晴热情地点头，眼里绽放出光芒，"留在你身边。"

宋诚一时说不出任何一个字来。

张紫晴的自尊心在此刻变得敏感、脆弱。她涨红了脸，紧张地看着宋诚，可得到的却只是他的沉默。在这场比赛中，那些为她加油的人都提前离场了,只剩下她孤军奋战。

"我走了。"张紫晴趁眼泪流下来之前,转过了身。

"张医生,请等一下。"宋诚上前看到她眼里噙着泪水,从口袋里拿出纸巾,想帮她擦拭,但看着她期待的模样,犹豫了下,还是将纸巾塞到了她的手上。

"张医生,我这辈子不会再有爱情和家庭了。"说完,宋诚便转过身,独自离开。

人生旅途中,我们会经历无数个路口,在那里选择前行的方向,每一个人都误以为自己时刻有做选择的权利,殊不知曾经的某个决定,某一次突如其来的意外就已注定了人生的走向。对宋诚而言,他的人生将永远定格在一年前的意外中。他的人生从此注定孤独,如同那注定到来的寒流。

杜明哲坐在副驾驶位,腿上放着盛满鸡汤的保温壶,那是刘老头叮嘱他带上的。不远处有交警在盘查酒驾,宋诚放慢车速,打开车窗,慢慢跟着前面的出租车。

"先生,请对准仪器吹一口。"交警有礼貌地说道。

宋诚对着喇叭形状的仪器吹了一口气。

交警看了一眼仪器上的数据,点了点头:"谢谢您的配合。"边说边做了一个向前通行的手势。随后一个拐弯,车停在了医院门口。

"我在外面等你。"宋诚熄了火。

"宋主任,你不进去?"

"不了。"

杜明哲下了车,又回过身,问宋诚:"宋主任,你以前给别人寄送过旧衣物吗?"

宋诚迷惑地摇摇头:"怎么了?"

看着宋诚的表情,杜明哲忙说没什么。

杜明哲走后,宋诚陷入了犹豫。他原计划这个月离职,可现在却走不了,一方面,他要配合张紫晴做小娟的心理辅导;另一方面,他内心一直不肯承认,其实他想等到江斌出院再说。

杜明哲步入病房,放下鸡汤。高老头正坐在病床上看着儿子,不知想到了什么,咧开嘴笑了起来:"小杜,你说他为什么要来海晨小区,又为什么和刘老头一起跟我对着干?"

没等少年回答,高老头就自问自答道:"是特意来找我,所以故意跟我对着干吧!"

杜明哲上前拍了拍他的肩膀:"老刘叫你别想太多。如果是无意的,那就是你们父子的缘分。如果是故意的,那就是他有心来找你的。无论哪个,你都该振作起来,往好的方面想。"

高老头点点头,接过鸡汤:"替我谢谢老刘。"说完,就去外面打饭了。

出门前,杜明哲曾问过刘老头,为什么不等江斌醒了再送鸡汤,刘老头摇摇头,说不能停下来,这是对高老头和江斌的鼓励。如果停下来,那么无疑在跟高老头说,自己觉得江斌没希望了,这对高老头将是极大的打击。信心有时候是可以传递的,尤其在艰难的日子里。很多事情一旦有了开头,就不能停止了。

杜明哲往床边一坐，竟看到病床上的人也睁着眼睛看着他。他以为自己一时眼花，再定睛一看，江斌真的醒了！

"医生！"叫声顿时回响在空旷的楼道里。

"嘘。"江斌制止了他，又看了一眼门外，还好高老头没有回来。

其实，江斌中午就醒了，当时他看到高老头和江芳草坐在病床上，便明白高老头已经知道了他的身份。他想不出该如何面对高老头，尤其在妈妈前面，索性一直闭着眼睛。

"你早就知道他是你爸爸。"杜明哲坐在床边，拿起调羹，盛了一口鸡汤，送到江斌的嘴边。

江斌看着调羹埋怨道："就给我喝点汤，没肉吗？"他刚要探过头去喝，不料杜明哲的手却缩了回去。

江斌斜着眼睛问："怎么着，连汤都不给？"

"等医生检查后再说吧。"杜明哲盖上了保温壶。

江斌点点头，随后问："我和他做亲子鉴定了吗？"

"没有，他跟你妈大吵一架之后，突然认定你就是他的儿子。恭喜你有了爸爸。"

"我是想跟他做亲子鉴定，才来海晨小区的。"江斌望向窗外，"不是为了认回什么爸爸。"

江斌说完话，一转头就看到高老头站在门口，只见他哆哆嗦嗦地拿起手机："我、我这就给你妈打电话。"

"老高，我要和你做亲子鉴定！"江斌朝他大声说道。

三天后，经过检查，医生允许江斌出院了，但他没有听从母亲的安排，坚持回到了海晨小区。

当黑色的奥迪车停在小区门口时，刘老头从岗亭里蹿了出来，对走下车的江斌说："小江，你回来了？"

江斌沉默地抱住了刘老头，抱得很紧。在最初两人相识时，彼此都带着目的和对方结盟。对江斌而言，刘老头随后给予他的，更多是父爱的错觉和温暖。如果现在不及时对刘老头的感情作出回应，刘老头无疑会非常伤心。在这段时间里，他总觉得自己懂得了许多人生道理，甚至比前二十几年加起来的还要多。他越来越明白，人与人之间的感情是相当脆弱的，即便拥有一段亲密无间的过去，可一旦中断了，彼此的亲密感并不会想当然地自动衔接，而是需要再次确认，否则就会走向疏离。人世间的很多情感最终走向陌路，就是因为彼此没有再次确认，吝啬于一个简单的拥抱，一句简洁的"我来找你"。

"还有鸡汤吗？"江斌松开了手，问道。

"你这小子。没了，"刘老头高兴地说，"不过，我今天做了鱼汤，是黑鱼哦，等下来我家吃饭。"见高老头从后备厢里提了几袋衣服，刘老头故意说道，"你这个高老头也要来呀，我呀，就给你占点便宜算了。"

高老头嘿嘿一笑，跟着他们走进了小区大门。

七天后，江斌收到了亲子鉴定书，最后一行写着：符合遗传规律，亲权概率大于0.9999。

江斌找到高老头问："老高，你家有人得过癫痫吗？"

他还是没有叫爸爸。高老头略有迟疑地说："没有。"

江斌没有说话,转过身,用力撕碎了手中的亲子鉴定书。他始终记得,那个留着胡子的日本医生曾拿着他的脑部 CT 片在阅片灯前看了很久,告诉他:"癫痫的发病原因至今都没有查明,但普遍认为遗传是主要原因。"

第十六章

"师傅,你知道哪里有照相馆吗?"

宋诚一连问了几个路人,从年轻人到老人,都没人能回答这个问题。

难道照相馆这个行当已经消失了?宋诚望着鳞次栉比的高楼,心有不甘。

记得儿时,去照相馆就像过年一样隆重。妈妈会提前几天把全家人的衣服叠好,放在棕色的老式木柜上,再铺盖一张报纸。出发前她会仔细打量爸爸的脸,看是不是用上海产的飞鹰牌刀片刮了胡子,然后又将在房间里乱窜的他拎到镜子前,帮他梳好三七分发型,而妈妈自己也要美美地涂上霞飞牌面霜。全家人穿好新衣服,乘坐26路公交车,来到姚江旁的绿叶照相馆,在刘师傅的指挥下摆拍,一起露出笑脸。

妈妈说,那是在定格眼下的幸福。等到年老时,就可以看看相片里的自己，看看那段永远都回不去的过去。

面对宋诚的问题，一个捧着热咖啡的年轻女子说："冲洗手机里的照片吗？前面那家文书打印店就可以的。"

宋诚笑着表示感谢，但他必须要找到照相馆，那种跟儿时一模一样的照相馆。

下午三点半，穿过一条窄窄的巷子，他终于在一幢有些年代感的居民楼下找到了一家，照相馆的二楼还用撑起的竹竿晾晒着衣服。

"你说，你现在要拍全家福？"蓄着络腮胡的店主再次跟宋诚确认。

"对。"

店主脸上的笑容消失了，低下头，继续整理手上的底片："我生意是不好，但没空陪你疯。"

"我是说真的。"

"我不管你是真的还是假的，我这庙小，没法拍一个人的全家福。"

宋诚从手提包里小心翼翼地拿出两张照片。一张是他和小兰结婚时在民政局的合照，两人各持结婚证的一角，咧开嘴笑着。另一张是孩子的三维彩超，小家伙正耷拉着脑袋。

"能帮我合起来拍一张吗？"

"把这个叠在一起，拿手机拍就好了。"店主瞄了一眼，但语气柔软了不少。

宋诚摇摇头，眼神平静而固执："不，我就想用胶片相机，能留下底片的那种,你就给我两张底片吧!"

店主打开柜子,从里面拿出一个笨重的相机,用毛巾擦去上面的灰尘:"我拿这个拍,后天来取照片吧。"

宋诚点了点头,看到窗外突然下起了雨。

杜明哲站在海晨小区的岗亭上,听到雨滴落在遮阳伞上的声音,朝地面一看,才发现下雨了。

天气预报并没有说今天会下雨。

一个女人急急忙忙地向他跑来。杜明哲几乎记得所有他见过的住户,却对她没有印象,可能是来社区办事的。

女人走到岗亭旁,问道:"你好,请问宋诚在哪里?"

"宋主任一大早就出去了。"

"我是他朋友,刚刚去了刑警大队,才知道他调到了这里。"女人抚去头发上的细小水珠,"请问你怎么称呼?"

"杜明哲。"

她从包里拿出一个包裹,双手递给杜明哲:"小杜,请帮我把这个交给宋诚。"然后又着急地看了下手表,"来不及了,我要去赶飞机。"

杜明哲点点头,接过了包裹。

女人边抱怨江城发展得太快,打车比北京还难,边跑到了马路对面,但很快一辆出租车便在她面前停下,载着她驶离了杜明哲的视线。

包裹不大,也不重,可能是一本书,也可能是……

杜明哲强迫自己不要再想下去。父亲从小就教育他，不要随便好奇别人的事情。

雨下了一会儿就停了，杜明哲却开始胡思乱想起来。同事问他是不是身体不舒服，他连忙摇摇头。

"宋主任，你回来了？"杜明哲听到同事在跟宋诚打招呼，便拿起包裹准备交给宋诚，但站起身的那一刻，他看到包裹右下角有一朵手绘的向日葵，不禁全身一怔，那张快递单在脑子里一闪而过。

宋诚看到他发起了呆，关心地问："怎么了？"

杜明哲将包裹藏在身后，木讷地说："没、没什么。"

"谢谢宋主任。"小娟妈将宋诚送到家门口，回头看到小娟正在帮儿子换纸尿裤，问道，"张医生最近好吗？"

宋诚笑了笑，说："她要去美国读博士了。"

"谢谢你们，多亏了你们，不然我就要白发人送黑发人了。"小娟妈没说上两句，又拿起手绢去擦眼泪。

"张医生说，你不要太悲伤，这样会影响到小娟，让她陷入自责，所以咱们都要积极阳光。"

"对、对。"小娟妈破涕为笑。

从小娟家出来后，宋诚来到了停车场，打开车门，坐到驾驶位上，嘴里念叨着"积极阳光"，露出一丝苦笑。人就是这么一种奇怪的生物，总喜欢鼓励别人去做自己都做不到的事情，就像刚才他鼓励小娟妈那样。

他系好安全带，启动汽车，踩下油门后，车开始慢慢滑动。阳光照进车窗，却并没有驱散宋诚心中的阴霾，因为这几天一直有人在跟踪他。

会是谁呢？他已经离开警队半年了，也没有社交活动，会有谁愿意花时间在他身上？

是江斌吗？宋诚也没想到他会是高老头的儿子，不过这也在情理之中。江斌怕是因为父亲才来海晨小区的。

难不成，他已经知道自己是小兰的丈夫了？

不可能。一年前的交通事故都是双方律师经手处理的，宋诚也拒绝了江芳草当面道歉的请求。

不会是江斌。

那到底是谁在跟踪自己呢？

遐想间，车已行至照相馆。宋诚下车，从店主那里取走了一个纸袋，然后一路到了青山墓场。

冬日的青山墓场格外萧条。

宋诚上一次来的时候是清明节，那时这里还是满目的绿色，如今已枝叶凋零，整座山都毫无生机。他一步一步往上走，想起妻子曾羡慕一棵大树会有很多次的青春，可以从绿叶到枯叶，再从枯叶到绿叶地往复循环，与只有这一生一辈子的人截然不同。

走到半山腰，宋诚终于看到了小兰的笑容。他上前摸了摸墓碑，用衣角擦掉照片上的尘土，然后从包里拿出一盒糕点，放在碑前。这是那家有着百年历史的店铺做的糯米糕，甜而不腻，非常好吃，就是贵了点。以前小兰舍不得多买，每次吃完了又懊悔自己买少了，可下次还是只买那么一点。

　　他看着妻子的照片，轻声说："人要活在当下呀！"可他自己也没做到。那时他忙于警队工作，忽视了妻子。小兰走后的某一个凌晨，他突然惊醒，跑到书桌前，拿起笔，在本子上写下那些妻子想做却一直没有完成的事：

　　"腰酸死了，等明年发年终奖，我一定要买一个扫地机器人，不，要扫地和拖地二合一的！"小兰拖完地，一屁股坐在沙发上，踢了一脚在地板上拼装鞋柜的丈夫。

　　"宋诚，我一定会陪你坐绿皮车，去祖国的大西北，一路向西，把每个城市的油泼面都吃个遍！"小兰张开双臂，坐在自行车的后座上。踩着单车的宋诚从东湖山路的顶端一路冲下山来，两人发出欢快的尖叫声。

　　"老公，我妈说四十岁是男人最重要的生日，所以我决定到时候送你一份大礼，你会不会哭呀？"小兰在床上抱着宋诚，轻轻在丈夫的鼻子上刮了一下。

　　宋诚把手伸到妻子的胳肢窝下："你就这么希望我老啊，我离四十岁还远着呢！"

　　小兰狂笑不止："我是怕你到时候太感动了，先给你打打预防针。"

　　"男子汉大丈夫，我从来都不会哭的！"

　　"那上次是谁，看个电影都哭得稀里哗啦？"

　　宋诚一个翻身，压在了小兰身上，抓住她的双手说："让你说……"

"我错了，我错了，痒死了。"小兰突然紧紧抱住了他，在他背上轻轻抚摸着。

……

"小兰，我要向你道歉。"宋诚蹲在墓碑前，"我对不起你，对不起孩子，到现在也没弄明白江斌是不是真的有病。但我好像不怎么恨他了，你知道吗，他为了救一个小孩，从五楼跳了下来，差点成了植物人。"

寒风吹得更起劲了，吹干了他脸的泪水。

"我知道，这只是个借口，别人的事跟你有什么关系？但我不知怎么的，开始愿意相信他了。"宋诚低声啜泣，"你会原谅我吗？孩子会原谅我吗？"

天色渐渐暗了下去，守护墓地的老人扫完了一圈地，看到宋诚，留下一句话："该走了，夜里凉，湿气大。"

宋诚从包里拿出一份照片和底片，用打火机点燃："小兰，这是我们的全家福，我烧给你。"

没有落日，没有余晖，只有无尽的黑暗和风声。

在他离开后，一个人走到小兰的墓前。那人戴着帽子，看不清是谁，没有说话，只是看着墓前的照片跪了下去。过了许久，那人走了，跪过的地方留下了新的泪痕。

第十七章

　　清晨五点刘老头就起床出门了。他要走遍海晨小区的角角落落，跟所有人打招呼，不管是熟悉的还是陌生的，连打扫卫生的阿姨都没落下。他可不管别人是什么目光，现在他满脑子只有一件事情：儿子要回来了。

　　这几天他整夜整夜地睡不着，但他毫不在意，觉得像自己这样的七旬老人本来就睡眠不好，更何况现在完全是过于兴奋造成的。

　　几天前，儿子突然打来电话，说要回国一趟。挂了电话，刘老头反复琢磨儿子的话，最后得出儿子想带他一起去美国的结论，一骨碌从床上爬起，翻箱倒柜地找出一本护照。那是九年前就办好的，当时儿子打来电话说准备在美国结婚，他觉得马上要去美国了，一大早便去排队办理了护照。不想这一晃就是九年，照片上的人比他年轻多了。

一定是儿子在外面很不容易，所以过了这么久才来接自己。孙子现在都八岁了，他知道八岁的孩子该有多高，因为他每次在小区遇到年纪相仿的孩子时，总会问人家的年龄和身高，这是他为数不多面露慈祥的时候，有时还会拿出一颗从超市买来的打折糖果给人家。可他忘记了孙子是混血儿，生长规律可能并不一样。

去美国该带些什么呢？真是伤脑筋。他从床底下拖出一个行李箱，盯了半天，觉得这个行李箱太旧了，带出去会让儿子面子上挂不住。这几年省吃俭用，不就是为了去美国吗？毕竟八块多人民币才能换一块美元，哦，现在变成了六块多，不省吃俭用，怎么负担得起在美国的开销呢？弄不好吃顿饭就要十美元，那就是人民币六七十块呀。想到这里，刘老头倒吸一口凉气，这可够他现在一个礼拜的花销了。

随着时间的临近，刘老头越来越神经质，总担心东西带少了。儿子从小就喜欢吃南京盐水鸭，他在菜市场买了好几袋，店家本来已经拿出那种便宜货，谁知竟被他严厉呵斥，说要最贵的，弄得店家很是吃惊，要知道以前如果不是最便宜的，都不好意思拿给刘老头看。

孙子喜欢吃啥？刘老头手上孙子的照片还是几年前拍的。想起儿子小时候最喜欢吃辣条，他心想美国肯定没有这个，于是从超市到炒货市场，把市面上能买到的口味都买了一遍，整整一大包呢，到时候孙子肯定会喜欢他这个爷爷的。一想到这里他就乐开了花。

不知道孙子是用中文还是洋文叫自己"爷爷"呢？

十几秒后,他又犯愁了,该给儿媳带什么礼物?儿媳是一个地道的美国人,刘老头从来没见过她。儿子没有在中国办婚礼,让他有些不高兴,觉得丢了面子,但转念一想,儿子娶的是个洋媳妇,怕是不习惯中国的风俗。还好电视上说,美国姑娘通常性格开朗,做事直率,想必不会太挑拣。就把那个通透的翡翠镯子给她吧,那是孩子妈过世前托付给自己的,说是要留给未来的儿媳妇。

他拿出钱包,对着妻子的照片一次次问:"老太婆,我要带你去美国和咱们的儿子孙子团圆了,你高兴吗?"

时间过得飞快,很快就到了刘老头和儿子约好在上海见面的日子。

大病初愈的江斌在小区门口看到正往出租车后备厢塞行李的刘老头,走上前,往车里瞄了一眼,发现没有其他人,便问道:"你儿子呢?"

刘老头从后备厢探出头,笑眯眯地说:"他在上海的珠穆朗玛峰大酒店等我。"随后又关切地说,"你也别闲逛了,快回去休息吧,等着我从美国给你寄好吃的。"

"'珠穆朗玛峰大酒店'?"

刘老头拍了拍江斌的肩膀:"哦,好像不是这么叫的,是什么喜什么登的来着,反正都差不多。"

"那叫'喜来登'。"江斌笑了起来,"你一个人去成不?要不我陪你去?"他真的有些不放心。

"你也太小看我了,我以前可是供销社跑外勤的。外勤你知道吗?那就是去全国各地跑业务的,当年可是最吃香的工作,多少姑娘围着我转呢。"刘老头得意地说。

"看把你得意的。上海比江城大多了,我跟你说,该打车就打车,千万别省钱,会迷路的。"江斌又揶揄道,"你要是迷路了我可不会去接你。"

"你这小子!唉,我走了,可能就再也不回来了。"刘老头回头又看了眼海晨小区的大门,"小江,我最舍不得的就是你。"

江斌轻轻抱住了他:"我也是。"他见出租车司机已经准备好了,又挤出一个笑容,"快走吧,现在通讯这么发达,到了美国记得给我报个平安。"

刘老头依依不舍地上了车,淡绿色的出租车在道路尽头拐了个弯,消失在江斌的视野中。他的心也变得空荡荡的,好像大四那年在学校门口送走最后一个室友那样,说不定这一别就是一辈子,说好的再见就是真的再也见不到了。

深夜,宋诚坐在沙发上,手里捏着一张纸,上面是他抓捕过的犯人名单。其中大多数人现在还待在监狱里,除了最后一个名字。那个人三个月前出了狱,记得被抓时他就贴着宋诚的脸,狞笑着说出来后一定会去找宋诚。

难道是他?可能性挺大的。宋诚感到了些许轻松,他并不害怕有人跟踪或是想要报复,这是每一个人民警察都会遇到的问题,真正折磨人的是不知道对方是谁,如同隔靴搔痒,异常难受。

他走到卫生间，脱去衣服，准备洗澡，却在口袋里摸出一把钥匙。这是刘老头离开前托付给他的，说请社区帮忙保管，以备不时之需。

说到社区工作，宋诚最近有了新的认识。这远不是他之前所理解的那些毫无温度的报表和数字，而是活生生的每一个人，每一个家庭。他们跟这颗蓝色星球一样，有着喜怒哀愁的四季，也会遭遇不可预知的风暴。地球的奥秘存在于宇宙之中，人类的幸福却埋藏在平凡的日常里。社区最重要的工作就是维护这份宝贵的宁静。

宋诚第一次近距离地观察张琼、李龙光的工作。两人有时被高老头说得哑口无言，只能用手拍拍脑袋，好让自己冷静冷静；有时加班到晚上七八点钟，寂静的办事大厅会突然传来张琼吵着要吃泡面的仰天长啸；当然，两人也有很大的快乐和成就感，例如帮刚刚失去老伴的张婆婆争取到一个养老院的名额，再也不用担心没人照顾她……

人总是在失去时才会发现当初的美好，可惜对很多人而言，有这个发现的时候，往往已经来不及了。

一阵急促的敲门声打断了他的思考，宋诚又将脱下的衣服穿好，开门前还抬头看了眼墙上的挂钟，午夜一点整了。

从来没有人在这个时间点找过他！

会是谁，难道是跟踪自己的人？他轻声走到门边，透过猫眼，看到了江斌和杜明哲。

门刚开，江斌就凑了上来，着急地说："老刘出事了，我们马上去上海!"

"怎么不给我打电话?"宋诚拿好车钥匙,关上了门。

杜明哲看了一眼他,说:"你关机了。"

宋诚从口袋里拿出手机,这才发现手机因为电池耗尽已经自动关机了。

几分钟后,银色的速腾车驶出小区,经过几个路口后,驶入通往上海的高速公路。在车上,宋诚知道了大致的情况。

上海警方在午夜接到群众报警,街头疑似出现了走失的老人。民警到达后,发现老人一个人拖着两个崭新的行李箱坐在十字路口,失魂落魄,神情恍惚,连一辆贴着"实习"标志的小轿车驶向自己都毫无察觉,幸亏民警反应迅速,一把抱住老人才避免了一起交通事故。但问起他叫什么,住哪里,他都不肯开口,只是一个劲地摇头。最后,民警只好将他带到了派出所。

警方通过老人随身携带的身份证,迅速联系到其居住的江城市海晨小区,当时值班的正是杜明哲。

宋诚握着方向盘,想起去上海前,刘老头特意来社区找宋诚,把钥匙交到他手里,托他保管钥匙的情景:

"以后还回来吧?"宋诚问道。

刘老头喜笑颜开地说:"应该没机会了。"

宋诚随口一提:"那可以先处理掉这房子。"

刘老头当时表情有些奇怪,憋了很久说了一句:"人总要落叶归根。"

高速公路上有一小段路的路灯坏了,宋诚打开了远光灯。他

冬日暖阳

斜睨了一眼坐在副驾驶位的杜明哲，问道："老刘的儿子联系上了吗？"

"倒是联系上了。"杜明哲摇摇头，"但航空公司说他晚上九点就坐飞机回美国了。"

坐在后排的江斌自责地说："去美国是要办理签证的，老刘根本去不成美国呀，我怎么没想到这点，真是太蠢了。"

坐在前排的两个人互相看了一眼，各想着心事。

江城到上海也就一个半小时的车程，加之午夜高速公路路况甚佳，他们在七十分钟后抵达上海，随后又花了二十分钟跟着导航来到了派出所。

下了车，宋诚拦住一个刚出门的警察，询问刘老头在哪里。

警察站住，想了想："那个高高瘦瘦的老头儿？"

宋诚顺着警察指的方向，朝门内看去，刘老头正孤零零地坐在泛着白光的长椅上，面无表情地对着进出的人们，脚边是两个被塞得满满当当的行李箱。

三个人走到他身旁，江斌在他耳边轻声叫道："老刘。"

刘老头毫无反应，那神情仿佛荒废数十年的大楼，处处腐朽不堪，处处发霉破损，长满了毫无生机的苔藓。

江斌轻轻抚摸他的后背，努力挤出一个笑容，又一次唤道："老刘，我们来了。"

刘老头看着这三人，嘴巴拧了几下，突然哭了出来。宋诚见状，赶忙让杜明哲和江斌去外面待着，自己则坐在旁边，陪着刘老头。

在宋诚的安慰下，刘老头这才断断续续说出了今天所发生的事情。

原来他中午时分到达上海后,就直接打车到了酒店,可他儿子已经出门,只是委托酒店服务员转告,让他在大堂里等着。因为没有手机,刘老头甚至不敢去厕所,生怕和儿子错过。傍晚五点多,儿子终于回来了,他没有解释白天去了哪里,也没有问刘老头是否吃过饭,只是说,见下就好了,如果晚上没有住的地方,可以帮他预订旁边如家酒店的单人房。

刘老头失望地说:"还以为你要带我去美国呢!"

儿子显得有些不耐烦:"强行把父母从熟悉的环境中拉出来,跟着子女到陌生的国家生活,那都是不孝子才会做的事情。"

见事已至此,刘老头就准备把从家里带的盐水鸭、辣条之类的交给儿子,也算是对未见过面的孙子、儿媳妇的一点心意。就在此时,儿子脸色一变,说他到中国是来工作的,又不是来探亲,唯独他一个人带着大包小包回去,会让领导有意见,而且他晚上就要回美国了。

此时,一个高大的外国人从他们身边走过,儿子立马换了一副态度,毕恭毕敬地用英文打招呼。等那外国人走了,儿子就说时间到了,要刘老头赶快回家。

宋诚听完,从口袋里拿出那把钥匙,放在刘老头的手心:"咱们回家去吧。"

刘老头抬头看向宋诚,宋诚拍了拍他的肩膀说:"回家了。"

第十八章

"为什么会有宇宙?宇宙之外又是什么?

"科学家普遍认为,宇宙来自一个奇点,这个奇点密度无限高,质量无限大,体积无限小。在138亿年前的某一时刻,由于未知的原因发生爆炸,进而急速膨胀,生成了我们现在的宇宙。我们存在于宇宙之中,却又对它知之甚少。"

车里的广播解说着宇宙科普知识,宋诚向右转动方向盘,放慢车速驶入了海晨小区。

杜明哲走出岗亭,叫住他:"宋主任,有你的包裹。"

"我的?"宋诚有些奇怪地接过包裹,待停好车,打开一看,里面是三张印刷精美的邀请函,上面写着:王皓源新春独奏音乐会。

王皓源,这个名字对于整个江城而言都如雷贯耳。

短短两三个月内,王皓源以迅雷不及掩耳之势,横扫国内外众多钢琴演奏大奖,被日本媒体誉为亚洲之光。他的音乐天赋受到了北美、西欧、日本等主流市场的肯定,而他东方大国的出身及俊朗的外表已经让国际几大经纪公司对其青睐有加。在维也纳的国际颁奖典礼上,王皓源用流利的英语邀请全球乐迷多多关注中国古典传统音乐,这为他吸引到了众多支持者。

有媒体报道,他将在一个月后赴位于纽约的联合国总部演讲,众多外媒已将他视为中国新青年的代表人物之一。

王皓源撑着伞,走进一条漆黑一片又散发着各种味道的弄堂,听到两旁低矮的房间里传来夹杂着各地口音的普通话。雨越下越大,他穿着定制的西服,脚上的皮鞋也是崭新的外国货,却毫无顾忌地在积水处踩踏,幽长的小巷里不断响起皮鞋踩在积水中的声音。

他目不转睛,始终保持着相同的频率前进。

在弄堂的尽头,陈子文蜷缩在角落里,身旁的小弟突然变得害怕:"老大,有人来了,该不会是他们吧?"说着,手上那把颜色陈旧的红色长柄伞摇晃了几下。雨水顺着伞尖,流经伞上"光荣献血"的字样,穿过小小的破洞,一点一点滴在陈子文的头上,打湿了他脸颊上尚未愈合的伤口。

半小时前,两人在游乐场和另一伙人发生斗殴。陈子文脸上多处受伤,仓皇逃到出租屋时,却发现钥匙不见了。

"不会的,他们怎么敢?"陈子文的声音有些发颤,这加剧了小弟的担忧。

脚步声越来越近。一个黑影撑着一把黑伞,一步步逼近他们。

不知是因为天冷，还是害怕，两人抱在了一起，抖动得越来越厉害。

王皓源站住了，看着坐在雨中的两个人。

小弟见来的不是刚才那伙人，鼓起勇气喝道："喂，你是谁呀，不知道这里是我们陈老大的地盘吗？"

"陈子文，我是来找你的。"

"王皓源？"陈子文认出了来人，心里却咯噔一声，"听说你混得很好呀。"虽然不是仇敌，但以这样落魄的模样出现在老同学面前，他宁可被人打一顿。

王皓源沉默了，他又想起了去年冬日的清晨，那个被撞飞的人影。当时他偶遇许久未见的同学陈子文，陈子文像过去一样想从他身上搜刮一点零花钱，却被已经长高的王皓源拒绝。陈子文一路纠缠他，两人过马路时还在撕扯，全然没有留意到不远处那辆失控的白色跑车。

小弟轻轻戳了戳陈子文的肩膀，小声说："老大，你同学怎么怪怪的？"

王皓源走到两人身边，蹲下身，从口袋里拿出一个白色的信封递到陈子文手中："这是我的新春音乐独奏会的门票，请你和叔叔一定要来。"说完把伞留给了陈子文，没有再看他们一眼，转身离去。

"我为什么要去？你以为你混得好，我就得听你安排？"陈子文擦了一把脸上的雨水，又不小心把伤口弄疼了。

王皓源在雨中停住脚步，没有回头，只是摇摇头，喃喃自语了一句："真是跟以前一模一样。"说完就走了。

"这家伙奇奇怪怪的,该不会真的有病吧?老大,他真是你的同学吗?"小弟望着远去的人影,可还没说完,就被打了一下:"好疼!"

陈子文收回手,作势又要打他:"当然是我的同学,你能有这么牛的同学吗?"

"老大,还是 IP 票呀。"小弟打开了信封。

"那是 VIP,贵宾的意思,小心点,别弄湿了。"陈子文小心翼翼地收起了信封,朝小弟吼,"你怎么还不去找钥匙,要淋死我吗?"

"哦。"小弟呆呆地转身。

"回来。"

"哦。"

"拿这把破伞去。"

从上海回来后,刘老头一直把自己关在屋子里。

这天中午,高老头带着牛骨汤来看他:"老刘,来喝点汤吧。"

刘老头应了一声,但身子并没有动,依旧站在窗前,眼睛盯着外面热火朝天的工地,听说那里要造一个很大很大的购物中心。

高老头走到他身边,顺着他眺望的方向看去,笑着说:"那里会开家大超市,以后呀,你要买牛肉买大米,就不用跑那么远了。"

刘老头转过脸笑笑,但显然只是为了应付高老头。一番好说歹说后,高老头以去下棋为理由,硬是拉着刘老头出了门。

电梯里，刘老头发现高老头的手臂上没了红布条，便问："老高，你的红布条呢？"

高老头看了一眼自己的手臂："不戴了，奇奇怪怪的。"

出了电梯，两人走到小区便利店旁，在晒得到太阳的休闲椅上坐下，开始下棋。

"我还真有些不习惯呀。"刘老头将了高老头一军。

高老头重新摆好了棋盘，假装生气道："赢了还那么多废话。"

"还玩呀？"刘老头抬头看了一眼他，"你都让我赢了五盘了。"

高老头笑了起来："那你也让我赢一次？"

"那可不成，以前都是被你欺负的。"刘老头停顿了下，"但我还真怀念以前呀，不习惯现在，连个吵架的人都没有。"

"以前是我不懂事，你大我十几岁，应该叫你一声老大哥的。"

"别、别，高老头，不，老高，你还是叫我刘老头吧，这样显得我年轻。"

两人哈哈大笑，在棋盘上重新开局。

"不过，我最近总是心神不宁。"刘老头右手举起棋子，不知该落子何处。

高老头抬起头，看了他一眼："又怎么了？"

刘老头一脸认真地看着他："你说要是我死了，没人送终可咋办？"

"呸呸呸，都是什么鬼话，那么远的事情，现在就不要去想。"高老头嘴上说得风轻云淡，心里还是咯噔了下。

"你别打岔。我真的很担心。要是没人送终该怎么办，会不会错过时间，地府就不收我了，成了孤魂野鬼？"

"这全是迷信，都什么年代了，你还信这个。"高老头收回视线，尽力说得很随意，这样可以让刘老头更相信他的话。不能否认的是，现在的刘老头比以前少了锐气，多了和气，但同时也多了些颓败感，好像一棵即将进入冬天的树木，连叶子都干干瘪瘪的，没有了往日的水润。

刘老头自顾自地说："前几天我看到一个新闻，说日本很多孤独老人都是一个人在家里悄悄去世的。谁也不知道，可能是一个礼拜，也可能是几个月后才被发现，你说我会不会变成这个样子？"说完，他盯着高老头，好像非要一个答案似的。

高老头一时语塞，过了一会儿，才抬高了声音说："怎么可能，咱们小区怎么可能发生这样的事？张琼、李龙光、宋主任多负责，只要你生病，社区里的人早就三天两头来看你了，何况还有江斌、小杜和我呢。"

"是哦。"刘老头如释重负，"老高，江斌真是一个好孩子，你们关系好点没？"

"现在能说上几句话了。"

"这就好，我就放心了。"刘老头拿起"马"走了一步。

"老刘，马不能这么走的。"

"哦，哦，我重来。"

当天夜里，一股从西伯利亚吹来的寒流侵袭了整个长三角。江城一夜之间气温下降了近十度。

凌晨五点，高老头醒了过来。此时窗外漆黑一片，北风像怒吼的狮子，咆哮着，拍打着玻璃窗。他穿了两条秋裤才敢下床，挤牙膏时猛然想到了刘老头，便放下牙刷，走出卫生间，看了一眼还在熟睡的杜明哲，小心翼翼地出了门。

"老刘，老刘。"高老头站在刘老头家门口轻声喊，他知道上了年纪的人只要有一点声响就能醒来。

屋里没有任何动静。

"老刘，老刘……"高老头一边叫，一边拍打房门。

突然，门开了一点点，强烈的不安涌上高老头的心头。他用力一推，听到"哐当"一声，门开了，门后那把椅子也倒了。他快步走进卧室，看到刘老头倒在地上。如同被电击一般，他捂住嘴巴，踱步到刘老头身旁，蹲下身，慢慢伸出手探到刘老头的鼻子下面。

已经没有了呼吸，整个身体都是冰冷的。

高老头瘫坐在地板上，看到床底下有一张纸，上面歪歪扭扭地写着：谢谢你们。他蹲下身，号啕大哭起来。

宋诚、杜明哲、江斌、张琼、李龙光等人不久后都赶了过来。

江斌哭得像一个孩子，任谁劝他都不肯听。

在这个寒流入侵的夜里，刘老头去世了。医生说他死于心脏衰竭，从现场情况来看，死之前他忍着剧痛，踉踉跄跄地打开门，摆放好椅子，写好那四个字，最后倒在了床边，没能安详地在睡梦中死去。也是就说，他放弃了求救。听到这里，江斌哭得更伤心了。

张琼在刘老头的遗物中找不到任何关于他儿子的信息。江斌这才想起来，前几天看到刘老头烧了一个日记本。为了和刘老头的儿子取得联系，李龙光建议向他当时住过的酒店、订购机票的航空公司求助。

一直沉默的高老头突然吼道:"不要联系那个不孝子!要是他再找各种乱七八糟的理由不回来,老刘能走得安心吗?刘老头他能走得安心吗?"

"他儿子有继承权呀。"李龙光嘟囔了一句。

宋诚想起在上海时刘老头那张苍白的脸,说:"我们先办丧事吧,从美国一时半会儿也赶不过来的。"

高老头拿起柜子上刘老头的相片,用袖子擦了擦,说:"老刘一直害怕,如果他走了,没人送终该怎么办。"

"老高,你介意我端着老刘的照片走在最前面吗?"是江斌的声音。

高老头没有回答,一个人走进刘老头的房间,从柜子里找了一床新被子为他重新盖好,拿起梳子帮他梳头:"刘老头,你放心走吧,我儿子会给你送终的,你就放心地走吧。你老劝我要好好和江斌相处,说什么人生苦短,活在当下。我这个小老弟也劝劝你,下去了就忘记你那个儿子吧。有空养养花、种种草、下下棋,哪怕每次输也没关系,不就图个乐子嘛,凡事别太较真。还有,下辈子对自己好一点,别那么抠门了,别总想着把好东西留给孩子。儿孙自有儿孙福,他们其实没那么需要你,最需要你的人是你自己呀。你那么爱吃牛肉,可这辈子都没吃过好牛肉。我知道,你每次都是趁超市关门前买快过期的打折货。"说着,高老头终于抑制不住,眼泪簌簌落下。

"下辈子,对自己好一点,好吗?"

第十九章

　　随着春节的日益临近,来江城打工的人陆续回了老家,街上的车也一天比一天少。遗憾的是,这座城市的年味却一年比一年淡了。

　　中午时分,宋诚接到张紫晴的电话,说正在赶往机场。他本想祝她一路顺风,但觉得哪里不对,就改口说一切顺利。挂了电话,他才意识到,两人已经有段时间没联系了,上一次见到她还是在刘老头的葬礼上。

　　宋诚走进办公室,想到王皓源的新春独奏音乐会就在今天晚上。相比陈子文,王皓源学有所成,并至今仍挂念着他,让他很是欣慰。或许可以叫上张琼和李龙光一起去,不是刚好有三张门票吗?他打开抽屉,想取出装有门票的白色信封,却意外发现抽屉里多了一个信封。打开一看,里面有一张纸,上面只有一行字:11号楼403室。

宋诚迅速抬头看向四周，一切如常，没有任何可疑之处。

没错，偷偷潜入11号楼403室，并在那里安装了一台高倍望远镜的人正是宋诚，目的是为了监视江斌。503室发生命案后，谨慎的他立刻清理了现场。事情已经过去一段时间了，是谁发现了他，还要特意寄封信过来？

是杜明哲吗？他在监视11号楼，难保不会发现。

随后，宋诚摇了摇头。就算杜明哲发现镜头，也不可能知道镜头后面的人是宋诚。

难道是跟踪他的人？

那个人还没有放弃跟踪？

他有什么目的？

宋诚拿着信走到办事大厅，看着忙碌的人们，甚至觉得每一个人都有嫌疑。

今晚的江城异常寒冷，偏北风4级还夹杂着雨滴，才过七点，整个城市就空空荡荡，只剩下路灯和广告牌彼此孤零零地互相陪伴。位于新城区的时代大剧院门前却是另一番景象，这里灯火通明，周围交通一度陷入瘫痪，即便如此，也无法阻止热情的听众拥入大剧院。

"又不是周末，怎么这么多人？"一个保安喝了口水，面露疲惫，对陌生的车主抱怨道。

"你不知道王皓源？"车主下车，检查了包里的两张票，随口回了一句。

保安抬头看了看大剧院上方巨幅海报中的少年,摇了摇头。

"我们这里还算好了,你都不知道他在日本、美国、德国有多受欢迎,真的太吓人了。"车主说完便急匆匆地小跑过去。

陈子文和小弟也出现在拥向时代大剧院的人群中。

小弟扯着陈子文的西服,说:"老大,真的要去吗?"

"干吗?不要这么上不了台面好吗?"陈子文一把甩开小弟的手,这套西服可是他特意在百货公司的减价专柜买的,当时他对镜子里的自己满意极了。

小弟看到身边走过的人都穿着精致,两旁又停满了豪车,低头看了看自己胸口处残留着的油泼面的痕迹,不免底气不足,走得更慢了。

陈子文发现小弟放慢了脚步,便踢了他一下。好不容易,两人进了大剧院,里面暖气充足,众人纷纷脱去羽绒服。陈子文这才注意到,和周围人相比,自己的西装显得很是局促。难道百货公司的镜子能把人照得好看?肯定是这样的。算了,等下找个不起眼的地方坐下就是了。想到这里,他看了一眼小弟,还好有他垫底。这是他看小弟最顺眼的一次。

检票小姐接过陈子文的票后礼貌地说:"先生,您的票不在这里。"

"什么,有票不让进?"陈子文粗鲁的声音吸引了旁人的注意。

"您的包厢在上面,有独立的通道。"在检票小姐的带领下,两人进了二楼包厢。这个包厢像探出枝头的鸟巢,悬挂在一楼和三楼之间，不但私密性好、视野宽阔，而且距离舞台近，能不受干扰地感受音乐的魅力。

陈子文环顾四周，又上下打探，觉得大剧院好宽大，好气派，好隆重……他头一次感到自己的学问有限，虽然心灵倍感震撼，却只能憋出这几个乏味的词。

观众席眼看就要坐满了，但通道里还是不断有人拥入。

会遇到其他同学吗？陈子文焦虑地看向旁边空着的座位。还好，这个包厢里就五个座位，顶多还能坐三个人。但是，如果有其他同学来了，问他在哪里读书，该怎么回答？真是伤脑筋，早知道就不来了。

就在他胡思乱想时，剧场里的灯突然灭了。

"停电了！"小弟发出尖叫声。

"嘘。"陈子文又开始后悔带小弟来了。

舒缓的钢琴声从舞台中央缓缓响起。偌大的空间里没有丝毫的嘈杂，人们沉浸于此。一分钟后，曲风大变，动感的节奏如同一个个精灵从琴键中迸发而出。精灵们欢快地从舞台中央向剧场四面跑去，在听众的身边、头上乱窜，带着全场听众在虚幻的世界里尽情舞动。

猛然间，精灵们都消失了，取而代之的是舒缓的音乐。舞台中央的灯被点亮，全场聚焦在那个少年身上。王皓源坐在钢琴前，闭着眼睛，沉醉于音乐的世界。他的头在颤动，他的手在加速，在加速，还在加速。听众的心都在跟随着节奏摆动，当乐曲进入高潮时，他们也仿佛置身于空中，等待最后一击。

万众期待中，少年按下了最后一个琴键。他站起身，向全场致敬。灯光亮起，听众爆发出雷鸣般的掌声。

见小弟拼命地鼓掌，陈子文斜睨着问："这是你第一次听钢琴曲吧？"

小弟的眼睛一直盯着舞台："对。"

陈子文挑起眉毛："那你还装成听得懂的样子。"

"好听呀。"小弟一脸的献媚，"老大，你同学好帅，真是好厉害。"

"有吗？"陈子文言语间有掩饰不住的骄傲，"你好好跟着我，有一天也会像他一样的。"

小弟没听懂，转过头问："啥？"

"我说有一天，你也会跟他一样！你这个'傻子'。"陈子文不自觉加大了音量，但马上又低下了头，因为王皓源正看着他。

从小这小子就算被欺负，也会一边挨揍，一边狠狠地盯着你，眼神怪吓人的。陈子文心里埋怨着。

两个小时的钢琴独奏在王皓源的演绎下高潮迭起，所有人感叹，这真是个天才，如果没来到现场，怎么都不会相信这是一个高中生的水准。他将经典音乐完美展现，让人沉浸其中，欲罢不能。

小弟说："最后一曲了。"

陈子文不屑地说："你又装，你怎么知道的？"

"你看，不是吗？"小弟拿出一张演奏曲目单，"不过最后一曲怎么没有名字，是空白？"

"连这都不懂，笨死了。"陈子文装模作样地说，"这首曲子就叫空白。"

钢琴声缓缓响起,不同于之前的经典曲目,这是一首完全陌生、从未听到过的乐曲。

正当人们闭上眼睛,准备好好享受这首压轴曲目时,演奏中竟出现了好几个瑕疵音,大家又睁开了眼,面面相觑,不知道发生了什么。如此级别的演奏家不可能出现这种低级错误,而且还这么密集地出现。

台上的演奏者不为所动,他的演奏中仍旧重复出现瑕疵声,听众席上已经有人在议论纷纷。

怎么会这样?他怎么了?

是故意的吧,否则怎么可能反复出现。

…………

这些瑕疵,让听众很难集中注意力。

就在大家不知所措的时候,乐曲转变了节奏,哀愁、痛苦、惆怅、欣慰、欢喜、怀念、兴奋、克制的情绪排山倒海般向他们袭来,让众人如同置身过山车中,在随着乐章冒险。

"这才是亚洲之光应有的水准"——有人发出了感叹。

少年再次调整敲击琴键的方式。

这次,在他营造的音乐世界中,听众变成一个个提着行李箱的旅客,共同登上了一趟开往雪国的列车。他们欣赏着沿途绿树成荫、鸟语花香的美景,感叹着造物主的伟大。可突然,前方乌云密布,寒风呼啸,草绿的大地上顷刻间出现了厚厚的积雪。列车失控前进,没人知道它的方向和终点。轰隆隆的声音传来,列车剧烈地摇晃着,旅客们抬头望去,暴风雪正来势汹汹,从山顶向他们袭来。人们在车厢里束手无策,眼看就要粉身碎骨,却无处可去,有人在哭泣,有人在祈祷……眼看列车就要被积雪压垮,就在人们绝望之时,太阳突然高高升起,融化了暴雪,雪水灌溉了绿植,又是一片欣欣向荣之态。旅客们感受到了光照的温暖,彼此奔走相告,在喜悦之时,音乐戛然而止。

全场的灯光再次熄灭。

"谢谢各位聆听我的新春独奏音乐会。出现刚才的瑕疵,我很抱歉。"

全场发出嘘声。

陈子文朝小弟低声说:"怕是读书读傻了。"

"最后一曲,是我人生中最重要的乐章,但这辈子只会演奏这一次。"

全场爆发出更大的惊呼声。

陈子文又朝小弟说:"真的变傻了。"

"你能闭嘴吗?"小弟头一次顶撞了陈子文。

"我非常紧张,又很激动,这是我那么想要成为最优秀的钢琴演奏家的原因。一年前的冬天,有一位女记者为了救两个学生,在长安南路车祸身亡,当时她有着五个月的身孕。"

这条热门新闻早已被人们尘封在记忆的角落,经他提示,大家终于想起,好像是有这么一回事。

"而我就是其中一个被救的学生。"

顿时,全场安静下来。

陈子文看着舞台，站了起来，全然没有感觉小弟在拉他的手，让他坐下。

"我无数次想跟她说声对不起。对不起，我取代了你的人生。对不起，我取代了你肚子里孩子的人生。但我再怎么诚恳，你们都听不到了。我唯一能做的就是写下这首曲子，告诉别人，我会永远感激你们，并会努力成为更好的人，为周围人带来更多的温暖。"王皓源哽咽了，不少听众也在悄悄抹去泪水。

"她的名字叫丁小兰，是《江城晚报》法制专栏的记者。"随着王皓源激动的声音，全场的灯光亮起，他朝包厢位置三鞠躬。

"老大，你的同学在向我们鞠躬呀，该怎么办？"小弟露出慌乱的神情。

陈子文看着身旁的三个空位，流下了眼泪。

又是一年的除夕。

宋诚站在海晨小区最高的天台上，眺望着整座城市。

寒风阵阵吹来，却让他感觉不到一丝冷意。宋诚摘掉手套，伸出手触碰吹来的风，指尖如此真实地感受到了风的存在。

临近傍晚，路上的行人与车辆越来越少，鞭炮声从城市的角角落落陆续传来。宋诚闭上眼睛，似乎回到了小时候，几个小伙伴站在纺织厂家属院破旧的天台上，一起闭上眼睛，凭着鞭炮声音的轻重来判别方位：

"那是棉纺五厂的。"

"不对，是电冰箱厂的。"

"这个大炮,肯定是汽水厂的。"

"哈哈哈,汽水厂几个月前就倒闭了,现在那里是玻璃厂。"

……………

他睁开眼,小区里越来越热闹了。大伙携家带口,拎着大包小包,消失在各个楼道中。每个窗户里都能看到一家人忙碌又欢乐的场景。宋诚淡淡一笑,往楼下走去。

在一楼,他看到杜明哲双手插着口袋,背靠在楼道口,好像在等人:"你怎么在这儿?"

"跟小刘换了班,今天晚班。"杜明哲刚理了头发,显得很精神,他看着宋诚问,"宋主任,我们一起吃年夜饭吧!"

宋诚先一愣,随后点了点头,算是答应了。他在前面推着自行车,杜明哲跟在后面。经过高老头家时,两人不约而同看向里面的厨房:高老头将一条鱼放入锅中,盖上锅盖,江斌在旁边帮他,客厅里还有一个女人的身影。

宋诚回头看了一眼杜明哲,发现杜明哲也正看着他,两人又默契地向前走去。

高老头往锅里加水的时候看到了他们,把头探到窗外,大声喊道:"宋主任、小杜,一起来吃年夜饭呀!"

两人好像没有听到,继续往前走。

"这么近都听不到吗?"高老头嘟囔道。

"最近你这个小杜就一直躲着我,我也没招他惹他,过了年,他也有十九岁了吧,怎么这么大年纪还不懂事。"江斌很不开心,拿起抹布,胡乱在桌子上擦拭。

高老头复述了"这么大年纪还不懂事"这句话,偷偷地笑了。

江斌是今天早上才答应高老头一起吃年夜饭的,原本他已买好下午的机票,准备前往一座热带岛屿,躲避这讨人厌的春节。可在公交站台等车时,他看到一个老人呆呆地站着,任一辆辆公交车从身边驶离,都无动于衷。江斌以为老人遇到了什么问题,悄悄靠近,瞥见那一直在颤抖的手中紧紧握着一张诊断报告……

他想到刘老头曾拍着自己的肩膀说:"唉,我也不知道怎么劝你,如果原谅他能让你快乐的话,就放过自己吧!"

除夕夜,绝大多数餐厅都关了门,适合两个人吃年夜饭的也就只有肯德基了。店里人声鼎沸,工作人员忙得不可开交。宋诚排队买套餐,杜明哲找座位,两人都等了好长时间,才在角落里的一个双人位上坐下。

宋诚喝了一口冰镇可乐,就听到杜明哲说:"宋主任,可以跟我说说你的爱人吗?"

一年多了,小兰已经离开一年多了。也就是425天而已,为什么会觉得已经过了很久很久?如果现在你的口袋里有425块钱,你会觉得多吗?没人会觉得多,只会觉得那不过是很小的数字,但当换作天数,却变成了那么多个日日夜夜,煎熬的日日夜夜,好像已经过了几个世纪。原来主观感受的那么多天,客观上也只是一个小小的数字而已。

人生何尝不是这样,一生看似漫长,其实极其短暂。

如果,一个人的黄金期是从二十五岁到四十五岁。在这二十年里，你完成了青涩地步入职场、幸福地恋爱、甜蜜地结婚、喜得贵子的历程，如果你结婚够早，可能还赶得上孩子的高考。这看似漫长，可以任你挥霍的黄金期，具体到天数，也就7300天而已，如果换算成7300元，能买到什么呢？

一台65英寸的液晶电视？

一台2.5匹的柜式空调？

一次双飞泰国普吉岛的六天五夜游？

原来，我们的一生真的不长。

"宋主任，我唐突了。"杜明哲打断了宋诚的思绪。

"她是一个非常非常好的人。"宋诚看向窗外，空旷的街道上有两三个孩子在放鞭炮，"一直在做报刊记者，总希望通过撰写案件背后的故事，来带给大家一点警示。"

杜明哲安静地听着。

"她喜欢吃汉堡，喜欢喝碳酸饮料，喜欢用各种优惠券买东西。"宋诚笑了，"她说从优惠券中得到的快乐要远胜于获得物品本身的快乐。我以前觉得，这不就是贪小便宜嘛，我们这代人受的教育是贪小便宜者吃大亏。但她还真的不是，你看，用优惠券买可乐、汉堡就是她教我的。"

宋诚又吸了一口可乐。

"全世界的慈善家和环保主义者本质上都是同一类人，只不过慈善家有钱做慈善，没钱的就变成了环保主义者。"宋诚冲杜明哲笑，"这话是小兰说的，她就是一个没钱的环保主义者。家里什么东西都要物尽其用，自己用不完就想方设法给别人用。她在网上挂售二手物品，很多都是白送人家的，有时还倒贴快递费。

"她很善良。有一次，我们去看电影，那时刚兴起信用卡半价买票。一个爸爸想带儿子看动画片，但因为没有信用卡不能半价，在售票处犹豫了很久，孩子哭得一塌糊涂。小兰连忙拿信用卡为他们买了票。她说，那些生活在城市底层的人，干着辛苦的活，赚着不多的钱，却经常享受不到优惠，自然获得快乐的成本要比我们高。"

外面的天色渐渐暗去，孩子们的烟花在地上滚了几圈，绚烂后沉寂于黑夜中。

"后来我们结婚了，后来她怀孕了，后来她出事了。"宋诚的声音非常平静，"她和孩子一起走的。我很自责，没留给她太多时间……"

宋诚停顿了很久，外面的鞭炮声此起彼伏。

"但我现在明白了，就像她喜欢折扣，喜欢物尽其用那样，她在生命的最后做出了自己的选择，无论怎么样，我都要尊重她的决定，虽然我很想问她后不后悔。但要是真的这么问了，恐怕会伤了她的心。"

杜明哲不知是何时走的，宋诚一个人呆呆坐在角落里，面前那杯雪顶咖啡上的冰淇淋早已融化。他抬头看见餐厅的墙柱上贴着一张告示：本餐厅将于元宵节后升级装修，预计工期五十天，感谢您这五年来的惠顾。

这个餐厅也要变成另一副模样了。

整座城市留下他和小兰共同记忆的地方将会越来越少。他还记得自己和小兰有一次就坐在前面的位置上,当时宋诚刚刚结束熬夜加班,很是疲倦,靠在椅子上睡着了。

小兰拿着手机在他面前晃动:"这是我,五十岁的我,像不像?"

宋诚睁开眼,随便瞄了下,有气无力地说:"哦。"

小兰又给宋诚拍了张照片。

几分钟后,小兰又将手机凑了过来,将迷迷糊糊的宋诚推醒:"你看,这是你,八十岁的你。"

"老婆,这都是什么呀?"宋诚打了一个哈欠。

"就是一款手机软件,可以根据现在的照片预测出很多年后的样子。"小兰又把手机往宋诚手里塞,"要不你看看我以后的样子吧,我四十岁、五十岁的时候。"

"老婆,我好困,让我趴一会儿好吗?你以后的样子,我以后的样子,到时候不是可以天天看?"

该回去了。

第二十章

一阵嘈杂的尖叫声惊醒了宋诚。他发现自己在办公室里,又想起今天是除夕夜,他值班。

"着火了,着火了!"尖叫声从外面传来。

宋诚猛地起身,看到窗外火光闪动。他快步跑出办公楼,一个保安迎面而来,惊恐地说:"宋主任,9号楼着火了!"

"120打了吗?"

"打过了。"

宋诚跑到9号楼楼下,看到高老头被几个人死死拉住。有人对高老头说:"老高,你现在上去就是送死呀!"

"我死也要上去!"高老头拼命挣扎着,"我儿子还在楼上啊,他还在楼上啊!"

江斌还在楼上。宋诚看到9号楼起火的楼层正是五楼,江斌的房间就在那里。

"宋主任，楼上居民都疏散了，除了五楼的江斌。"保安说话间隙，一个塑料雨棚从楼上砸了下来，大家发出惊呼声，连连后退。

"江斌肯定睡着了，他今天高兴，喝了点酒，我不该让他喝酒啊！你们让我上去救他！"

"宋主任！"

保安的惊呼声中，宋诚冲进楼道，沿着楼梯飞快地向上跑。周围越来越热，烟尘味越来越大，耳边不时响起噼里啪啦的燃烧声。

进来得太急，忘记拿湿毛巾了！但已经来不及了，思索间，宋诚跑到了四楼，前方滚滚浓烟中夹杂着熊熊烈火。还有最后一层，跑上去就好了！就在他跑到五楼，奋力冲向火海时，一个人挡住了他，宋诚应声倒地。他抬起头，却看不清那人是谁。是江斌自己下来了吗？宋诚忙叫道："江斌！"

没有回应，那人向前迈出两步，借着火光，宋诚终于看清了他的脸。

那不是江斌，是杜明哲。

"小杜，江斌还在里面！"宋诚看着火光着急地说。

"宋诚，你忘记小兰姐了吗，忘记那个孩子了吗？"杜明哲低声说着。

宋诚愣住了。

"你不是很想亲手解决掉他吗？"

宋诚右手支撑住地面，一点一点站起来："小杜，你怎么了？"

"11号楼403室。"杜明哲盯着宋诚,慢慢地说。

"是你在跟踪我?"宋诚从未想过跟踪自己的竟会是杜明哲,"你到底是谁?"

杜明哲答非所问:"这是天意,既然江斌可以用钱把交通肇事说成一场意外,让他逃避法律的制裁,我们也可以放手随他去,让他受到老天的惩罚。人在做,天在看,现在有这么好的机会,怎么能错过?"

"江斌给你作过证,还从五楼跳下来,救了那个孩子。那时候,我甚至觉得小娟就是小兰,那个孩子就是我的儿子。"

杜明哲的眼里闪过片刻的犹豫:"宋诚,你不过是为了让自己好受点,才自欺欺人的。没有人是他们的替身,他们就是他们。他们都死了,就死在你的眼前!"

"退一万步讲,就算江斌欺骗了所有人,那也应该让法律来惩罚他!"

就在杜明哲想开口说些什么时,江斌房间里突然传出重物的坠地声,宋诚睁大眼睛,趁杜明哲分神,猛然将他撞倒在地。宋诚跑到江斌房门前,见房门紧闭,便用脚踢,用手肘去撞,一次又一次。

火光四射,烟雾笼罩。

杜明哲看得心疼:"宋哥,你别撞了。"说着把钥匙扔了过去,"我是不会救他的。"

宋诚急忙打开门:"江斌,江斌!"

无人应答。一种不好的预感笼罩着宋诚。

冬日暖阳 235

他推开主卧的门,没有人,推开次卧的门,也没有人。

人在哪里呀?

"江斌!"宋诚踢开了卫生间的玻璃门,终于看到江斌趴倒在地,一动不动,身旁还有一摊血。宋诚翻过他的身体,将他的头枕在自己腿上。还好,那血来自口腔和鼻子,应该是摔倒时砸伤的。

"啊!"宋诚留意到江斌的嘴角,毫无征兆地吼了起来。

杜明哲也已冲进卫生间,看到宋诚坐在地上抱着江斌。宋诚怪异地笑着,面容变得格外扭曲:"他、他真的,他真的……"

杜明哲绕上前一看,江斌口吐白沫,全身都在颤抖。

宋诚突然哭了:"他没有骗我们,他真的有癫痫,那真的是场意外!"说完,猛地一阵咳嗽。

闻言,杜明哲差点跌倒在火堆里,火烫到了他的手,但已经顾不得那么多了。他立刻捡起毛巾,用自来水弄湿,然后又拿起脸盆,接满水朝宋诚、江斌身上泼去。杜明哲看了一眼江斌,用湿毛巾堵住他的口鼻,与宋诚一起扶起他,一左一右,慢慢在火堆里寻找空隙。

噼里啪啦的爆裂声不断传来。宋诚和杜明哲用眼神确认,他们必须加快速度,只见宋诚比出"三、二、一"的倒计时手势,杜明哲立即踢掉前方的柜子,两人连拉带架地拽着江斌往屋外走去。

前面就是大门了,马上、马上就可以出去了!宋诚心中暗暗舒了口气。

就在他们靠近大门时,旁边的柜子却摇摇欲坠,眼看就要砸了下来，宋诚用尽全身力气，将杜明哲和江斌一把推了出去。

"快走！"

他的腿却被柜子重重砸到，跌倒在地。

杜明哲想要回来拉他，宋诚已经说不出话，只能用手势示意他快点带江斌下去。另一个柜子也砸了下来，恰好堵在宋诚前面，拦住了回身的杜明哲，让他不得不先带着江斌离开。

好热。

越来越热，宋诚哆嗦着右手，从口袋里掏出那张他们一家三口的合照。

老婆，儿子，我过得好辛苦，好想你们，我再也不想一个人留在这里了，我要回家，和你们在一起，和你们永永远远在一起。

江斌真的有癫痫，我终于弄明白了，他真的有癫痫，那真的是一场意外，我解脱了……

照片随着滚滚热烟轻轻飘动，跌落在地，又被热气吹到了空中，瞬间烧了起来。宋诚闭上了眼睛：老婆，儿子，我好累，我不想再离开你们，我要我们在一起，永远在一起。

恍惚间，宋诚仿佛又回到了过去，那天他陪小兰去做产检：

"宋诚，你怎么又睡着了？"小兰从检查室出来，看到坐在椅子上的宋诚又歪着头睡了过去，便笑着拍打他。

"哦，我太累了。"宋诚显得很困，妻子进去很久了，怎么出来的时候眼睛红肿红肿的，他瞬间清醒了，"怎么样，医生说怎么样，孩子怎么样？"

"都很好。"小兰弯腰亲了一下丈夫的额头，"你要照顾好自己，我们，还有很多人都等着你呢，我们都需要你。"

宋诚急忙往周围看，还好没人看到妻子亲他。

"你也太没出息了，我亲你怎么了，见不得人吗？"小兰笑了，随后话锋一转，"如果有一天我不在了，你一定要找一个爱你的人陪着你，照顾好我们的孩子。"

今天妻子怎么有些奇怪？宋诚应道："你怎么了，净说胡话。"

小兰伸出手打了下他的头："你知道我最喜欢看《射雕英雄传》，最喜欢黄蓉了，黄蓉就是这么跟郭靖说的，如果她死了，要郭靖娶了华筝，因为她知道华筝是真的爱他。"

两人沉默了，小兰摸了摸肚子，提高了音量："就算黄蓉说了这么不吉利的话，他们不还是一直厮守在一起吗？"

宋诚点点头，没有说出他所知道的结局：郭靖、黄蓉战死在襄阳。

妻子和医院突然都不见了，宋诚又飘浮在黑暗的宇宙中，耳边却传来小兰的声音："宋诚，你答应我，要一直、一直好好地活下去，在任何时候，都不能放弃自己。你知道，我永远都会在你身边支持你，鼓励你，以你为荣。就算哪天我不在了，你也要知道有一个叫丁小兰的女人，会陪伴你一辈子，会支持你的任何决定，不管别人怎么说。你永远都不是一个人，我会永远在你身边。"

"宋诚，你给我醒过来，你还不知道小兰姐给你准备了什么样的四十岁生日礼物呢！"是杜明哲的声音，他怎么会知道生日礼物的事情？

好热，越来越热，好想跳进水里，去大海中游泳。

宋诚拼命睁开了眼睛，看到了郑新、杜明哲，还有正四处救火的消防救援人员。他一瞬间，突然想到了好多人：王大宇、俞笑、马小文、朱鹤、张雄、张怡然、马老爷子……

高大强壮的消防队员将他放到担架上，一群人焦急地围了上来，有许天，有蔡阿姨，还有小娟、高老头、张琼、李龙光……

躺在担架上的宋诚，在被推入救护车的那一刻，整座江城爆发出震耳欲聋的鞭炮声。一朵烟花冲到了黑暗的天空中，一瞬间绚烂绽放，亮白如昼。

过年了。

又是新的一年了。

他仰望天空，突然想到，地球是亿万颗星球中唯一拥有生命的一颗，所以地球是孤独的，地球上的每个人也都是孤独的。每个人都有属于自己的星星，只是天上的星星彼此相隔得很遥远，而地球的每一个人却可以走得很近，很近，就像身边的你我。

构成我们这个时代的每一个人，每一件物的化学元素，与侏罗纪恐龙时代、与石器时代、与盛世唐朝、与文艺复兴时代、与第一次世界大战时期的一模一样。地球用主要的二十六种化学元素，创造着不同的时代。地球上不同的生物命运，一次次被推倒重来，但人类自诞生之日起，就从未停止过前进的步伐。我们每一代人都在经历痛苦后前进，将知识、经验、教训用书籍一代代传递，在前人的基础上一步步前进。

整个人类的命运都被紧紧串联在一起。

救护车的鸣笛声在接连不断的爆竹声中，格外尖锐，他想起自己错过了王皓源的独奏会，想起自己还没听过他前几天寄来的CD，那个孩子在上面写了几行字：我们并不能像太阳那样发光发热，但如果可以像月亮一般反射光芒，也能给迷路的人指明方向。

第二十一章

杜明哲穿过人群，快步向前走去。不同于周围人的大包小包，他只背了一只黑色的双肩包，是江斌送他的。

除夕过后，江斌像换了一个人似的，不再油腔滑调，变得成熟了不少。刚才江斌送杜明哲到了火车站，在离开时，杜明哲突然朝江斌喊："等我回来！"

江斌原本紧绷的面庞刹那间笑得很开心。

杜明哲继续往前走，左拐，走到 8 号候车处。一个穿粉色羽绒服的小女孩拎着白兔造型的纸灯笼小心翼翼地从他身边走过。

"爷爷，今天晚上咱们能到家吗？"小女孩稚嫩的声音里有着小小的担忧。

拥有小烦恼的年纪，是多么的幸福啊。杜明哲心想。

"当然，咱们晚上六点就能到家，回去你就可以提着小白兔去闹元宵了。"爷爷笑着说。

小女孩蹦蹦跳跳，脸上洋溢的笑容，如同杜明哲家乡初春的山间特有的绿芽。

山村、绿芽、洋槐树、爸爸、妈妈……我要回来了。

杜明哲上了火车，四周乘客都和他年纪相仿，有男有女。他们一上车就特别兴奋，叽叽喳喳地说个不停，但杜明哲并不觉得吵闹，相反，他喜欢这样的热闹。

一个三十多岁的魁梧男人站起身，示意大家静一静，面色严肃地说："这次我们支教地区的海拔有 2500 米，但放心，超过 3000 米才会有高原反应，那里的条件也比以前好了很多，但大家还是要做好过艰苦生活的准备。支教不是游乐场，不是你在学校加分的筹码。我们心里都要重视起来，认真备课，因为我们的努力可能会决定一个人的未来。"

恰好，火车开动了，窗外的景物慢慢向后倒退。

一个女生举手问："我上次看到一个帖子说，那里小孩子非常可怜，冬天没有衣服和鞋子穿，他们经常跟在牛后面，一看到牛拉屎就特别开心。"

"为什么？"好几个人问。

"因为牛屎是热的，踩上去就不怕冷了。"

"这是笑话吧。"同行的人想笑又笑不出来。

杜明哲想起了十二岁那年的漫长冬天。

父母被杀后，小明哲躲在家里——如果这还算是一个家的话，那天夜里寒风凛冽，小明哲最后终于在家中找到了栖身之所，一个棕色的柜子。每天晚上他就钻进柜子，抱着被子入睡。但他从来没有哭过,他想念爸爸,觉得爸爸太可怜,但说不清对妈妈和杀人凶手的感受。

不久,他唯一的鞋子破了。爸爸的鞋子又太大,整个冬天他都赤着脚,下雪天只能躲在家里,靠以前的存粮照着爸爸的样子做饭,勉强度日。虽然有可怜他的邻居,但大家的生活条件都不好,照顾自己都勉勉强强,又哪里管得了别人,更何况还是一个不吉祥的孩子。

还好,杜明哲发现只要捏起鼻子,把脚踩在牛屎里,就能感到温暖,跟温暖比起来,这点臭算什么。有一次,他被其他孩子看到了,受尽嘲笑,被石块砸,被喊作"牛屎",他都没有哭,也没有反击,只是用冰冷的水清洗了双脚,又躲回了柜子。

火车停靠在一座陌生的城市,一部分乘客下了车,随后又上来了一些人。

两三分钟后,火车继续前进。杜明哲看到铁轨旁的田地里放置着一个又一个集装箱,新闻里说那是用集装箱改造的简易住所。他想,如果没有那朵向日葵,他可能会一直躲在柜子里。

终于,旷课多日后,小明哲的老师来找他了。老师没想到自己的学生住在这样的环境里,心痛不已,便自掏腰包帮他交了学费,还修好了门窗,买好了大米,但老师也并不富裕,不可能一直帮他。不久后,老师开心地告诉他,有人愿意资助他的学费和生活费,还会定期给他寄送衣服。

那是崭新的衣服,杜明哲抱着衣服躲在柜子里哭了很久,这是父母死后,他第一次哭。他还看到第一件衣服上绣了一朵小小的向日葵。

他曾经问过老师,是谁在资助他,老师摇摇头,说他也不知道。

就这样,杜明哲每年都能收到两次衣服,一次夏装,一次冬装,每次都叠得整整齐齐,每次第一件衣服上都会绣着一朵向日葵。

一年前,突然没人给他寄送衣服了。他曾以为是快递出错了,但此后都再也没有收到过。他去问老师,老师也不知道发生了什么,只是给了他一张快递单,可上面却没有寄件人的确切信息。

好在,他即将成年了。

一年前的秋天。

甄艳刚下机就看到成群的粉丝在机场接机,想起登机时路过头等舱看到一个戴墨镜的年轻女子,经旁人提醒,才知道她是那位当下最热门的女明星。害怕坐飞机的甄艳产生了一个奇怪的想法,如果飞机失事了,那么自己怕是要和这位女明星一起登上新闻头条了。她觉得自己疯了,怎么会有这样的想法,即便没有女明星,空难也肯定是头条新闻呀!

她从一大堆接机粉丝中挤了出来,刚打开手机,就收到一连串未接来电的短信提醒,这些电话都来自小兰。

她迅速回电。

"学姐,急死我了。"电话那头传来小兰的声音。

甄艳的情绪瞬间被带动:"小兰,出什么事了?"

"我刚好在北京,晚上就回江城,特想见你。"

原来是这个,甄艳放宽了心:"吓死我了,还以为你出了什么事呢，我刚下飞机。"

"你在机场？"小兰惊讶地问，她连忙询问了出租车司机，随后说，"等我十分钟。"

"好，我等你。"甄艳挂了电话，听到阵阵尖叫声，刚走出来的女明星被人群紧紧包围。甄艳看了一眼机场大厅的告示牌，登上了前往候机大厅的电梯。

候机大厅里，各家航空公司的柜台前人满为患，甄艳站了一会儿，就在她准备到人少的地方等待时，有人从背后紧紧抱住了她，她转过头，看到了满脸欣喜的小兰。

"你怎么了，小兰？"甄艳被抱得快喘不过气来。

"看到你太开心了。"小兰又捏了一下甄艳的脸，"我没多少时间了。"

甄艳嗔怒道："真是越来越没大没小了。"说完，她拉起小兰的手，建议去喝杯咖啡。

小兰却摇摇头，问道："学姐，我是不是还欠你一顿牛肉面？我大二你大四的时候。"

"有吗？"甄艳并不确定。

小兰拉着甄艳往扶梯走去："我们上楼去吃牛肉面。"

面馆里，小兰排队要了两碗经典红烧牛肉面。点完餐，小兰走到甄艳旁边，没像往常那样和甄艳面对面，而是坐在她旁边："学姐，我想坐在你身边。"

甄艳点点头，她总觉得今天气氛有些不寻常："小兰，你怎么了？"

小兰突然把头靠在她肩膀上,轻声说道:"学姐,这是我们这辈子最后一次见面了。"

"怎么了?"甄艳心中一颤。

"我得了坏毛病,晚期,医生说没多少时间了。"小兰的声音还是那么温柔,"我怀孕了,所以就没跟任何人说,我一定要生下这个孩子。前几天,我听说中医院有个医生治疗这个挺在行,就去排队挂号,没想到遇到了我妈,幸亏她以为我是去产检的。"

"那个医生怎么说?"

"我怕被我妈发现,就没在中医院看。后来想着不如到北京碰碰运气,请了假过来,结果这里的医生和江城的医生是一样的说法。"小兰微笑着说,"姐,我认命了。"

甄艳没能忍住眼泪,此时端着两碗牛肉面的服务员过来,看到靠窗桌子旁的两个人,一个在微笑,一个在哭泣,愣了一下,放下面条就走了。

"学姐,我人生的很多个第一次,都是你陪着我走过的。第一次向喜欢的男生告白,第一次恋爱,第一次竞聘学生会,第一次失恋,第一次找工作,第一次写稿子,第一次做采访……谢谢你,学姐!"小兰努力克制着,可泪水还是止不住,她拿出纸巾,抽泣着帮甄艳擦去眼泪,"学姐,别哭,我们一起吃完这碗面。"

两人再也没有说话,沉默地吃着。离别时,小兰取出一个小包裹,说:"如果我走了,你把这个交给宋诚好吗?"

甄艳小心翼翼地接过,慎重地点了点头。

"如果孩子没生下来,你就……你就把它扔掉吧,让他忘掉我。"

甄艳吃惊地看向小兰，见她面色平静，又点了点头。此后甄艳一直抱着她，直到小兰在航空公司的催促下，依依不舍地走进了候机大厅。

从那天起，甄艳一直计划去江城看望小兰，但好几次都订了机票，却因不知该如何面对小兰而作罢。

等孩子出生，就以看望孩子的名义过去，两个人总会再见面的，上次绝不会是她们人生的最后一次相见，她安慰着自己。

可谁承想，两个月后，甄艳竟在校友群看到了小兰出事的新闻，她拿着手机，在办公室中失声痛哭。新闻里说，小兰在采访途中为救两名学生，车祸身亡，肚子里的孩子也被撞出体外。小兰在死之前到底经受了多大的痛苦！她那么怕疼，那么胆小，以前都不敢晚上一个人去图书馆，一定要她陪着……

在小兰的葬礼上，甄艳看到了宋诚，她将那个小包裹捏在手里，但见眼前这个穿黑色西服的男人魂不守舍的模样，又重新塞回了包中。墓碑前，甄艳摸着小兰的照片，照片里的她笑靥如花，就像当年大学文学社纳新时第一次看到她的模样。那时，小兰手里还捧着一本《人生的枷锁》。甄艳轻声说："小兰，你是以母亲的名义离开这个世界的，我为你骄傲，真的。"

那个包裹，甄艳始终没有打开过。这一年，她好几次回到江城，每次都会在行李箱里放上那个包裹，也会前往青山墓场看望小兰。

那天接到宋诚电话，询问小兰有没有过辞职想法时，她差点说出了包裹的事，最后还是忍住了。但当她听说宋诚因为那场车祸离开了刑警队，终于做了一个决定：将包裹交给他。在这次即将离开江城的时候，她前往了华光社区。越靠近，她越担心自己会反悔，于是将包裹交给了那个面相可靠的年轻保安。其实，她早就知道宋诚不再是警察了。在上出租车的那一刻，她抬头看着天空中密集的细雨，轻声说："小兰，对不起，我失约了，或许你也改变主意了，不管怎么样，我必须这么做，这是我作为你最信任的人的责任。"

蔚蓝的大海，蔚蓝的天空，潮湿又炙热的空气，宋诚一步步走向大海。水漫过他的脚掌，他的膝盖，他的臀部，他的胸部……他继续往前走，直到水与他的下嘴唇平齐，只要海水一波动，就能渗进嘴唇。他站在那里，呆呆地看着远处。远处什么都没有，只有蔚蓝，什么都是蔚蓝的，海天一色，交汇在永无尽头的远方。

宋诚喝了口海水，很咸。

大年三十的那场火灾后，他被送到了医院。万幸的是，只是压伤了腿，几天后就能出院，反而在脸上留下了一道疤，医生说很难复原。

在医院里，他时常想起除夕夜杜明哲对他说的话：

"宋诚，你忘记小兰姐了吗，忘记那个孩子了吗？"

"你不是很想亲手解决掉他吗？"

"这是天意，既然江斌可以用钱把交通肇事说成一场意外，让他逃避法律制裁，我们也可以放手随他去，让他受到老天的惩罚。人在做，天在看，现在有这么好的机会，怎么能这样错过？"

宋诚感到阵阵冷意。

杜明哲到底是谁？

一个可怕的想法在他脑海中产生，那场火灾难道不是意外，是人祸？

这个想法一直困扰着他，好在警方调查后，确认那是一起小区居民没有按规定燃放烟花引发的火灾。而杜明哲之所以有江斌家的钥匙，是江斌特意让他保存的。

出院前，杜明哲来看望他，什么都没说，只留下了一个扁扁的盒子。盒子里是一个信封和一张浅绿色的信纸。宋诚打开信纸，看到上面写着：

宋诚：

这个包裹是小兰出事前一个月，来北京时给我的，让我在她过世后转交给你。但如果她在生下孩子前去世了，就让我把它扔掉。你或许不理解，她为何会留下如此离奇的嘱托。抱歉，我不能告诉你，虽然我没有看过里面的东西，但我相信她会亲自告诉你。我本打算信守这份嘱托，但那通电话，和我此后所了解到你的痛苦，让我动摇了。我和小兰虽无血缘关系，但早已胜似姐妹，我决心替她做这个决定，将遗物交给你。现在是凌晨两点，北京的天空很宁静。我想起了小兰第一次和我谈起你的那个深夜，那也是她第一次见到你，我知道她找到了真爱。在她心里，你永远是这个世间最好的男人，也应该获得幸福。作为姐姐,我衷心希望,你可以放下过去,重新开始。

甄艳

宋诚流着眼泪,撕开信封,里面掉出一张光碟,他急忙收拾好东西,比医生叮嘱的出院时间早了半天离开。

他上了一辆出租车,车辆行驶在宽阔的马路上,宋诚握紧了背包,对司机说:"师傅,可以快点吗?"

司机很快把车停在他家楼下,正准备为他找零时,却看到这个有些奇怪的客人已经跑进了楼道。

宋诚一进门就打开了茶几上的笔记本电脑,飞快地插入碟片。电脑屏幕上出现的是位于回龙新村的婚房客厅。

小兰出现在窗边,她对着镜头做了几个挥手的动作:"宋诚,我、我真的不喜欢录像。我们的宝贝可爱吗?是男孩还是女孩?像我还是像你?你给他取了什么名字?"

她脸朝向窗外,抿了抿嘴,说道:"对不起,孕检查出我长了肿瘤,而且是晚期了。照理说,我该打掉孩子,全身心接受治疗。但我去了好几家医院,医生都说,这个病即便在北京、上海最好的医院也只有百分之八的成活率,生存期限不超过两年,生活质量会很差。所以我只想把孩子生下来,这是我人生中的最后一次战斗,我一定要赢。我不打算告诉你,因为我知道如果告诉你,你就会尽百分之百的努力,不,是百分之两百的努力来挽救我的生命。但那不是我要的。有时候,人生不是说句'我要加油'

就能迈过去的,那是挨着刀子,一步步走过去的,每天迎接自己的不是希望,而是绝望。抱歉,老公,我没有勇气去面对这些,更不想看到这样的故事走向,所以,我懦弱地选择了这个结果。最近几天,我总梦见自己会死在生产的手术台上,我恐怕见不到我们的宝贝了。"

小兰捂住了嘴巴,任由泪水肆虐:"宋诚,肯定会有人说我太自私,既然人都要走了,为什么不放你一条生路,为什么要生下这个孩子,来牵绊你今后的生活。他们会骂我,为什么不走得干干净净,让你痛苦半年、一年后重新开始。宋诚,我真的太爱你了,我舍不得离开你,谢谢你成为我的丈夫。你知道吗,我人生中最开心幸福的事情就是成为你的妻子,每天可以看到你,每天都可以抱着你,我真的没法忍受你今后的人生里会没有我,我做不到。你总是说我很懂事,那就让我自私任性一回,好吗?"

小兰嘴唇颤动:"这几天,你一直在忙一个大案子,每天回家倒头就睡。我看着你睡觉的样子,感觉很幸福,甚至觉得能拥有你的爱是多么不可思议的事情。我经常在你的耳边念叨,让你答应我,要一直、一直好好活下去,在任何时候,都不能放弃自己。你知道,我永远都会在你身边支持你,鼓励你,以你为荣。就算哪天我不在了,你也要知道有一个叫丁小兰的女人,会陪伴你一辈子,会支持你的任何决定,不管别人怎么说。你永远都不是一个人,我会永远在你身边。"

原来那天在火场里听到的声音不是幻觉,而是小兰曾经的呼喊。宋诚跪在地板上,拼命捂住了嘴,无声痛哭着。

小兰低下了头，几秒钟后又抬起头面带笑容地说："宋诚，我不单独跟孩子说点什么了，我希望他可以忘记我，完全融入你的新家庭。孩子不能没有妈妈，你一定不要自己一个人扛着，我像黄蓉那样希望有人陪伴你，陪伴我们的孩子，我只想跟他说一句话——好好活着。不管我们家是清贫，还是富有，这个世界是不是给了他想要的爱，希望他都能抬头挺胸地做人。生而为人，本来就是这个宇宙给我们最好的礼物，没有理由不好好活着，对吗？"

小兰笑了："五年前，我在西部采访一个刑事案件时，看到了一个躲在柜子里没有鞋穿的孩子。我本来要去采访他的，但最后放弃了，这是我第一次没有完成工作任务，挨了学姐的批评。那时我很不服气，觉得自己坚守了为人的准则，为什么还要被批评。难道我的工作就是去给这孩子带去更大的伤害吗？我甚至已经写好了辞职信，但很快就恢复了理智，觉得帮助那个孩子才是最重要的事，于是偷偷资助了他，每年给他寄送两次衣服。每次都会在一件衣服上绣一朵向日葵，希望他可以向阳而生。今年他快十七岁了，叫杜明哲，是个聪明又稳重的孩子。如果我走了，你要帮我资助到他读完大学，我藏的快递单里有他的地址。如果有一天他找到你，千万不要让他知道是我帮了他，如果他问起为什么后来衣服上没了向日葵，你告诉他，因为你相信他已经成为自己的太阳了。"

小兰背对着摄像机，过了一会儿才转过身来，哭着说："宋诚，我不想结束，我想要活得更长，来陪伴你！我不想死，我想听孩子叫我妈妈，我想知道自己四十岁、五十岁的样子，也想知道你六十岁、七十岁、八十岁的样子。"

小兰捂住嘴巴，眼泪汹涌而出："但，我们的人生总会遭遇意外，对吗？你不要怪我为什么瞒着你，为什么先你而去。我知道你有多爱我，正是知道你的爱，我才要瞒着你做这样的决定。因为，我也爱你，很爱，很爱，就像你爱我一样。"

小兰沉默了一会儿："我曾羡慕一棵树，羡慕它每一年都会在春天萌芽，在夏天茂盛，在秋天落叶，在冬天凋零。而我们的人生却只有一季，错过了青春，就再也不会重来。现在我明白了，这或许就是我们存在的意义。我们都不是树，只是森林里的一片叶子，每一片子也只有短短的一季，而整个世界才是一片森林，一年又一年，一代又一代地延续下去。

"宋诚，真的很抱歉，我没有办法履行婚礼上的誓言了，没有办法陪你到老，不离不弃，也不能在你四十岁生日那天送你礼物了。你还记得我跟你告白的那个下雪的晚上吗，还记得那块宝珀表吗？我知道你很喜欢里面的星星和月亮，我也很喜欢，那个笑脸真的很像你。我多想在你四十岁生日的时候将这块表亲手送给你，所以从那天开始，每个月我会存点钱，但现在，我做不到了，我等不到那天了。你帮我做最后一件事，可以吗？在你生日那天，你拿着那本存折，帮我买下那块表，再帮我送给自己，好吗？"

小兰对着镜头沉默了许久，又继续说道："宋诚，我离开后，只有一个愿望，你要好好活着。谢谢你，让我成为你的妻子。我很开心，我爱你，老公。"

视频内容戛然而止。

宋诚呆呆地坐在客厅的地板上，窗外渐渐暗了下去。过了许久,他走进卧室,弯腰从床下取出了那个藏满妻子回忆的铁盒,慢慢打开,又看到了存折、求职简历、离职申请……他一张张翻阅着,抿着嘴忍着眼泪。突然,他想到了什么,便快步走到门边的鞋柜旁,拿起那张被钥匙压着的快递单,重新放回了铁盒里。在闭合铁盒的那一瞬间,他再也忍不住泪水。小兰一定以为她还会有很多次机会来慢慢嘱咐这些,只是一切都来得那么突然,让她再也没有时间,没有机会开口了。

很咸,毛里求斯的海水可真咸。

"Oh, no, stop!"宋诚听到有人朝他大喊,并从背后将他一把抱住。宋诚回过头,见是两个身材高大的欧洲男人,他们面带惊恐,显然是怕宋诚要轻生。宋诚冲他们笑了笑,两人才放开了手。

一场虚惊。

宋诚深呼吸,准备一口气游向旁边那片白色的细沙滩。他不知道的是,放在海滩上的手机刚刚收到一条短信,来信人竟是已过世的马小文。

宋诚看了眼手表,光洁的表面在清澈的海水中闪耀着光芒。他的视线在海水与空气中来回切换,无论哪个角度,他都能看到太阳。宋诚觉得很不可思议,眼下炙烤着毛里求斯的太阳,和此时让江城温暖如春的太阳竟是同一个。

就在他奋力游回岸边时,突然瞥见宝珀表上的秒针划过了表面上的那张笑脸,就好像那天小兰笑着为他擦去嘴角的冰淇淋。

甜甜的,暖暖的,那是被一个人真正爱着的感觉啊。

原来,她在的,她一直都在的,从未离去。

宋诚流着泪微笑着,泪水与海水相融。

他低头轻吻宝珀表上的笑脸,这才是妻子真正的礼物,做那个她最爱的微笑着的他。

老婆,我爱你。

谢谢让我做你的老公。

你我来世再见。

(全文完)

后 记
愿阳光照进生活

  2018年，在朋友家聚会上，我见到了一个很可爱的女孩子，三四岁，头发鬈鬈的，很像洋娃娃，笑起来时眯着眼睛，那可爱的模样能把人的心给融化了。那天带她来的是她爸爸，因为年纪相仿，我们相谈甚欢。聚餐结束后，朋友偷偷告诉我，女孩的妈妈因为癌症，已经过世两个月了，女孩还不知道。一起下楼后，我从车窗看着女孩跟在爸爸后面，蹦蹦跳跳地往车子的方向走去，还时不时回头冲我们挥手告别。我突然意识到，这个女孩这辈子再也没有机会喊"妈妈"了，心里异常的堵。在很多年前，我就听说过类似的事情。高中时，我曾有一位小学同学因白血病去世；高考公布成绩的第一天，睡在我上铺的同学选择了自杀；大学时，曾一起打网球的学长毕业后参军，在西藏执行任务时不幸殉职。

  每次听到这样的消息，我都会消沉一段时间，以前，我以为是自己恐惧死亡，现在才发现，我是舍不得那些曾经出现在身边的人，即便有些只是点头之交。想起那个在女儿面前装作没事人一样的父亲，我突然很想知道，那些提前离开我们的人，在他们人生最后一刻，还有什么想做的事、想说的话吗？他们说了吗？他们的亲人又将如何熬过那段痛彻心扉的日子……

从那一刻起，我有了创作的冲动，要写一本关于"人生与意外"主题的小说，因为我一直觉得，作为普通人，你我人生中最大的敌人不是坏人，是无常，是生老病死的自然规律，是自身性格缺陷所带来的连锁反应……

《冬日暖阳》的初稿完成于2018年的8月，随后又几经细节的修改。因为我一般都是写好完整的大纲后才会动笔，所以最初的创作过程非常顺利，但此后的困难超越了我的想象。好在这个故事完整诠释了我的价值取向，尤其是结尾部分。但我又不得不承认，这是我个人风格很强的一部作品，在创作中我有意抛弃了创作技巧，不可避免地存在多线叙事的分散和张力的减弱，谢谢你们容忍我的任性，因为我确实很想表达出每一个小人物的渺小且伟大。

每个小说作者都有自己的写作初衷，有人是为了提炼丰富的人生经历，有人是为了不断剖析复杂的人性，也有人是为了记录这个时代，当然还有人是为了针砭时弊。而我的初衷是希望读者在拥有一段不错的阅读体验的同时，能对小说人物的经历感同身受，能在故事里感受到光和温暖，而当他们跳出虚构的小说世界，也能多一点力量去面对现实生活，那便再好不过。因为无论社会和周遭如何喧哗，我始终相信每一个人最终都是要回归内心，回归到家庭的。

　　这个世界每时每刻都在上演各种意外,每一个人都有遭遇意外的风险。愿阳光照进我们的生活,愿我们能在文字里和自己深度沟通,渐渐了解自己,接受自己,最后喜欢上自己。我想,这应该是喜欢读小说的你的初衷吧。

樊树
2020 年 4 月 12 日